재능 넘치는
게이머

재능 넘치는 게이머 5
덕우 장편소설

초판 1쇄 찍은 날 § 2018년 12월 19일
초판 1쇄 펴낸 날 § 2018년 12월 26일

지은이 § 덕우
펴낸이 § 서경석

총괄팀장 § 최하나
편집책임 § 김대용
편집 § 김슬기
디자인 § 고성희, 신현아

펴낸곳 § 도서출판 청어람
등록번호 § 제387-1999-000006호
등록일자 § 1999. 5. 31
어람번호 § 제1-2986호

주소 § 경기도 부천시 부일로 483번길 40 서경B/D 3F (우) 14640
전화 § 032-656-4452 팩스 § 032-656-4453
http://www.chungeoram.com
E-mail § chungeorambook@daum.net

ISBN 979-11-04-91896-4 04810
ISBN 979-11-04-91828-5 (세트)

도서출판 청어람
ESA
5
재능 넘치는 게이머
덕우 장편소설
FUSION FANTASTIC STORY

재능 넘치는 게이머

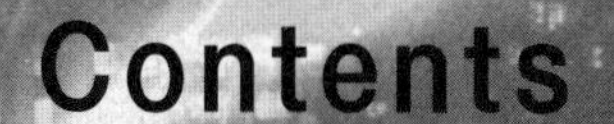

Contents

제25장
결승 티켓

자체 스킬로 헤이스트 버프를 건 강민혀.

라울의 이동속도가 빠르게 상승했다.

공격 속도도 상승했지만, 지금은 그렇게까지 크게 의미가 없었다.

강민허가 바라는 건 공격 속도 상승이 아닌 이동속도 상승이다.

강민허는 헤이스트 스킬이 붙은 아이템을 미리 세팅해 뒀다. 최대 스킬 수치가 상승한 덕분에 헤이스트 효과 역시 배가되었다.

한편. 뒤늦게 강민허의 아이템 세팅을 알아본 장지석은 의아함을 느꼈다.

'헤이스트로 뭘 어쩌려는 거지?'

더 빠른 공격으로 장지석을 농락하려고 그러는 걸까. 장지석은 그렇게 생각했다.

광전사 클래스는 공격 속도가 느리다. 반면, 격투가는 기본적으로 공격 속도가 매우 빠른 직업군이었다. 안 그래도 빠른 공격 속도를 지닌 격투가 클래스인데, 여기에 헤이스트 버프까지 입히면 더 빠른 공격 속도로 상대를 유린할 수 있다.

강민허가 노리는 게 어쩌면 그것일지도 모른다.

장지석은 그렇게 생각했다.

그러나.

강민허는 장지석을 공격하지 않았다.

'뭐지?'

장지석이 속도를 내서 강민허에게 다가가면, 강민허는 거리를 벌리면서 점점 더 그에게서 멀어졌다.

헤이스트 효과가 발동한 상태에선 장지석이 강민허를 구석으로 몰 수 없었다. 이동의 주도권은 강민허에게 넘어간 상태였다.

그러나 강민허는 여전하 장지석을 공격하지 않은 채 도망만 다니기 시작했다.

장지석은 강민허가 무슨 생각으로 도망만 다니는지 알 수가 없었다.

제한 시간을 보기 전까지 말이다.

"설마……!"

뒤늦게 장지석은 게임 시간을 확인했다.

PvP 종료까지 남은 시간은 고작해야 1분!

"빌어먹을! 이걸 노린 거였어!"

이제야 장지석은 강민허의 노림수가 무엇인지 깨닫게 되었다.

강민허가 노리는 건 바로 판정승이다.

경기 시간이 끝날 때까지 어느 한 명이 아웃을 당하지 않았다면, 잔여 HP가 더 많은 쪽이 승리를 가져가게 된다.

장지석은 광전사 클래스 특유의 능력을 발휘하기 위해 일부러 HP를 깎아 내렸다. 이제 20% 이하로 떨어졌다.

반면, 강민허의 HP는 95%였다.

압도적인 차이! 강민허는 타임아웃까지 헤이스트로 도망 다닐 생각이었다.

시간은 장지석이 아닌 강민허의 편이다. 이대로 계속 시간을 끌면, 강민허의 승리는 틀림없는 셈이었다.

"비열한 녀석!!!"

장지석은 자신도 모르게 강민허를 향해 욕지거리를 내뱉

었다.

그러나 승리를 차지할 수 있는 확실한 방법이다.

강민허는 꼼수를 부린 게 아니다. 경기 규칙을 정확히 이해하고, 그것을 이용했을 뿐이다.

뒤늦게 장지석은 대검을 휘두르면서 강민허를 위협했다. 그러나 헤이스트 버프를 등에 업은 강민허를 따라잡기란 결코 쉽지 않았다.

중계진들은 장지석이 강민허의 타임아웃 작전을 깨닫기 전부터 이미 강민허의 의도를 알아차리고 있었다.

"강민허 선수! 본인의 HP 상황을 이용해서 타임아웃 작전으로 경기를 끌고 가려고 하고 있어요!!!"

민영전 캐스터가 목이 터져라 외쳤다.

중계진들은 제3자의 시선으로 경기를 바라보고 있었기에 선수들에 비해서 비교적 시야가 넓은 편이었다.

경기 시간이 실시간으로 흘러가고 있다는 것까지 다 체크하고 있었다.

중계진들도 처음부터 강민허의 의도를 파악한 건 아니었다.

확신을 가지게 된 건 헤이스트 버프 스킬을 사용한 이후부터였다.

충분히 장지석을 공격할 수 있는 기회가 많이 있었음에도 불구하고 강민허는 일부러 장지석을 공격하지 않았다.

이유가 있었다.

어줍짢게 공격을 시도했다가 역으로 장지석에게 카운터를 맞아버리면, HP 상황은 순식간에 역전된다. 강민허는 만에 하나라는 것까지 전부 다 고려를 했다.

충분히 도망만 다녀도 이길 수 있는 경기를 괜히 무리하게 공격을 시도해서 날릴 수는 없었다.

안전한 길이 있다면, 그것을 추구하는 건 당연하다.

도박수를 띄우는 건 승리할 수 있는 확률이 적을 때나 하는 것이다. 지금 강민허가 승리할 수 있는 확률은…….

99.9%!!

"굳이 내가 무리를 해서 장지석 선수와 싸워줄 필요가 없다 이거지."

강민허의 손놀림에는 한결 여유로움이 묻어나왔다.

장지석의 유일한 약점이 바로 이것이었다.

본인이 스스로 HP를 깎아 내리면서 접근을 해오는데, 굳이 맞상대를 해줄 필요가 없다. 그냥 도망만 다니면 된다. 느린 이동속도를 지닌 광전사는 격투가를 상대로 아무것도 할 수 없었다.

장지석은 이를 악물었다.

조금만 생각하면 쉽게 알 수 있는 아주 간단한 약점이었다.

이것을 장지석은 미처 놓치고 말았다.

강민허의 카운터 어택을 뒤늦게 떠올린 것과 같은 맥락이었다.

상대가 강민허라는 사실 때문이었을까. 장지석은 아주 기본적인 것들을 놔두고 겉만 번지르르한 전략들만 고려하고 말았다.

그 결과.

두 번 연속 패배를 선언당하고 말았다.

“GG!!! 강민허 선수! 두 번째 세트를 연달아 가져갑니다!”

두 번째 세트의 결과를 알려주는 민영전 캐스터.

한편, 장지석은 그대로 책상에 얼굴을 묻었다.

완벽한 패배다.

기세 싸움에서 밀리지 않기 위해서 일부러 빠르게 준비를 마치고 바로 두 번째 세트에 들어갔건만. 오히려 강민허에게 농락만 당하고 패배를 맛보고 말았다.

강민허는 기본적인 것들을 놓치지 않았다. 이미 강민허의 머릿속에는 이런 시나리오들이 전부 다 구상되어 있던 것이다.

반면, 장지석은 놓친 게 너무 많다.

‘위험한데, 이거.’

멘탈이 흔들리기 시작했다.

다년간의 경험을 통해 장지석의 멘탈은 나름 강하게 단련

되어 왔다고 자부하고 있었다. 그러나 이번의 경우는 타격이 꽤 크다.

생각을 가다듬고 싶지만, 이미 흔들린 멘탈을 빠른 시간 내에 다시 잡을 방법은 드물다.

그 정도로 원활하게 마인드 컨트롤이 되는 사람은 도백필 정도밖에 되지 않을 것이다.

코치들이 부스로 와서 장지석의 멘탈을 붙잡아주기 위해 노력했지만, 그것도 얼마나 통할지 모르는 일이다.

한편.

ESA쪽 부스는 그야말로 축제 분위기였다.

"잘했다, 민허야! 완전 나이스였어!"

오진석 코치는 벌써부터 상기된 목소리를 내고 있었다.

그러나 나선형 코치와 강민허는 침착했다.

특히 강민허는 아직 방심할 수 없다는 식의 태도를 보였다.

"기껏해야 2경기 따낸 것에 불과해요. 2점 앞서고 있다가 3 대 2로 역전당하는 경우는 흔치 않게 있으니까요. 방심은 금물입니다."

"그, 그렇지."

코치가 해야 할 말을 선수인 강민허가 알아서 척척 내뱉었다.

나선형 코치는 오진석 코치의 옆구리를 쿡쿡 찔렀다.

"민허가 너보다 더 코치 같다, 야."

"시, 시끄러워."

잡담을 나누는 사이에 3세트 경기 시작까지 훌쩍 시간이 흘렀다.

결승 진출까지 마지막 1승만을 남겨놓은 강민허.

천천히 심호흡을 내뱉었다.

"이제 1승만 하면 된다. 1승만 하면!"

결승 상대로 분명 도백필이 올라올 것이다. 강민허는 먼저 올라가서 미리 그를 기다릴 생각이었다.

하지만 아직 4강 경기가 끝난 건 아니었다.

장지석은 백전노장이다. 위기 상황에 몰릴수록 그의 다년간의 경험이 빛을 보게 될 것이다.

강민허는 그것을 주의해야 한다.

민영전 캐스터가 마이크를 들어 올렸다.

"결승 진출로 향하는 마지막 관문! 4강 첫 번째 3세트 경기! 어쩌면 마지막 경기가 될 수도 있습니다! 지금부터 만나보도록 하시죠!"

강민허를 응원하는 팬들의 목소리와 장지석을 응원하는 팬들의 목소리가 엄청난 시너지 효과를 냈다.

경기장이 떠나라 외치는 함성 소리에 무대가 흔들릴 정도였다.

경기에 접속한 강민허와 장지석.

장지석은 굳은 표정으로 키보드와 마우스 위에 손을 올렸다.

"멘탈 잡자, 장지석! 여기서 크게 흔들리는 모습을 보여주면 안 된다. 내가 해오던 플레이가 있잖아! 그걸 우직하게 밀고 나가면 돼!"

흔들리지 않는 강인함. 장지석은 그것을 그대로 밀고 나가기로 했다.

천천히, 다시 한번 강민허에게 접근하기 시작하는 장지석.

강민허는 이번에도 빠른 공격 속도를 이용해서 장지석에게 유효타를 계속 날렸다.

한 방, 한 방이 강력한 공격은 아니다. 그저 가벼운 상처만 내는 것에 불과하다.

차츰 깎이는 HP. 이제 장지석은 본인의 HP 관리에도 신경을 써야 했다.

여차하면 강민허는 2세트와 같은 전략을 사용할지도 모른다. 그걸 대비해서라도 장지석은 본인의 캐릭터의 HP를 너무 많이 깎을 수 없었다.

그래도 상관없다.

'어차피 버프 따위는 받지 않아도 내 대검 일격으로 강민허의 캐릭터를 찍어 누르는 건 가능해!'

강민허의 유일한 약점.

맷집이 약하다는 것. 이것을 잘 공략하면 된다.

장지석은 대검을 휘둘렀다.

강민허에게 치명타를 날리기 위해 휘두른 필살의 일격이 아니었다. 강민허의 움직임을 제한하기 위해 날린 공격이었다.

평타를 섞으면서 가끔 스킬을 사용하곤 했다. 장지석이 지금까지 보여준 모습 중에서 가장 적극적인 공격을 해오는 세트였다.

그러나 강민허는 어렵지 않게 장지석의 공격들을 피해냈다.

기회를 틈타 강민허는 라이트닝 어퍼 같은 콤보 시작을 알리는 스킬을 하나둘씩 날렸다.

하나 장지석은 강민허의 콤보 공격을 쉽게 허용할 생각이 전혀 없었다.

정신없는 난타전을 이어가고 있음에도 불구하고 장지석은 콤보 연계용 스킬이 나왔다 싶으면 귀신같이 알아보고 캐릭터를 뒤로 뺐다.

강민허는 놀라움을 드러냈다.

'피지컬이 제법인데?'

장지석의 플레이가 묵직하고 느릿해서 그렇지, 사실 장지석도 피지컬 대결에서 절대로 뒤처지지 않을 만큼 뛰어난 능력을 보유하고 있는 게이머였다.

강민허의 큰 시도를 전부 무마시키는 장지석.

그는 필사적이었다.

연습 때에도 보여주지 않았던 필사의 움직임으로 어떻게든 세 번째 세트를 따내기 위해 노력하고 노력했다.

아니, 발악했다.

그러나.

HP 상황은 강민허에게 점점 유리하게 돌아가고 있었다.

라울의 빠른 움직임. 그리고 캐릭터의 파일럿으로 있는 강민허의 피지컬이 융합되어 지속적으로 장지석의 캐릭터에게 대미지를 누적시키고 있었다.

반면, 장지석은 강민허에게 이렇다 할 일격을 날리지 못하고 있었다.

강민허는 무식하게 공격만 하는 게 아니었다.

장지석의 공격을 회피하는 움직임까지 보였다.

공격과 회피. 두 가지 형태를 강민허는 어렵지 않게 구사하고 있었다.

장지석은 알고 있었다.

이미 경기의 흐름은 자신이 아닌 강민허가 가져가고 있다는 사실을.

알고 있음에도 불구하고 장지석은 최선을 다하고 싶었다.

여기까지 올라오기 위해 노력한 모든 것들이 너무 아까웠다. 아쉬움에서라도, 그리고 장지석을 응원해 주기 위해 먼 곳에서 찾아온 팬들을 위해서라도 그는 마지막까지 이기기 위한 노력을 했다.

그러나 이번에도 시간은 강민허의 편이었다.

서로 치고박는 난타전을 하다 보니 순식간에 제한 시간에 다달았다.

HP 상황은 강민허가 73%, 장지석이 53%.

민영전 캐스터는 벌떡 자리에서 일어나 외쳤다.

"경기 끝났습니다! 강민허 선수! 결승 진출을 확정지었습니다!"

강민허는 로인 이스 온라인 프로게이머로 전향한 이후. 최초로 개인 리그 결승을 확정지었다.

장지석을 상대로 승리를 따낸 강민허.

그의 어깨는 한없이 위로 상승했다.

솔직히 말해서 강민허는 이길 수 있을지 없을지 장담을 하지 못했다. 이길 자신은 늘 가지고 있었다. 상대가 어떻든, 자신감은 가지고 있었으나, 이 사람을 나는 100퍼센트 이길 수 있다라는 확신까지는 쉽게 보여줄 수 없었다.

특히나 장지석의 경우가 그랬다.

그러나 운이 좋았다.

장지석은 강민허가 보여준 기세에 압박감을 느낀 나머지, 4강 경기를 복잡하게 풀어가야 한다는 방식으로 생각을 굳혀버리고 말았다. 그러나 사실은 그렇게까지 할 필요는 없었다.

간단하게 생각하면 될 일이었다.

장지석은 간단하게가 아닌 복잡하게를 택했고, 강민허는 복잡하게가 아닌 간단하게를 택했다.

두 선수의 상반된 구상이 이번 경기의 승패를 가르게 된 것이다.

승리를 차지하게 된 강민허. 팬들은 그의 이름을 연호했다.

"강민허! 강민허! 강민허!"

그를 응원하는 팬들은 두 주먹을 불끈 쥔 채 해냈다, 라는 감정을 마구 표출했다.

응원을 나온 셀리아 역시 마찬가지였다.

승자 인터뷰를 진행하기 위해 급하게 무대로 향하는 이화영도 강민허의 승리 소식에 그제야 안도의 한숨을 내쉬었다.

내심 강민허가 지면 어쩌나, 그런 생각이 가득했었던 이화영.

하나 강민허는 어렵지 않게 3 대 0이라는 일방적인 스코어로 결승 진출 티켓을 거머쥐게 되었다.

부스에서 나온 강민허. 오진석 코치가 그에게 달려갔다.

"민허야! 네가 기어코 해냈구나!!!"

강민허를 와락 끌어안는 오진석 코치. 그의 눈시울이 붉어졌다.

강민허는 쓴웃음을 지었다.

"코치님. 당사자는 울지도 않는데, 왜 코치님은 펑펑 우시려고 그래요."

"내, 내가 운다고?! 말도 안 되는 소리를……."

애써 눈물을 참아내려고 노력하는 오진석 코치의 모습에 강민허는 피식 웃었다.

나선형 코치와 허태균 감독도 오진석 코치의 뒤를 이어 그에게 다가갔다.

나선형 코치가 강민허의 등을 팡! 하고 크게 때렸다.

"고생 많았다, 민허야. 그리고 결승 진출, 축하한다. 이제부터 엄청 바빠지겠네."

"저랑 같이 고생하셔야죠, 코치님."

"알고 있어, 짜샤. 이렇게 된 거, 무조건 우승이다. 알겠냐?"

"물론이죠."

나선형 코치와 결의를 다지는 강민허.

그사이, 허태균 감독이 강민허의 등을 떠밀었다.

"가서 장지석 선수한테 수고했다고 먼저 말 걸어라. 장지석 선수도 고생 많았을 테니까."

"예, 감독님."

허태균 감독이 말을 안 해줬어도 강민허는 진작 그렇게 하려 했었다.

축 처진 어깨를 하면서 부스 바깥으로 나오는 장지석. 강민허가 그에게 다가가 악수를 청했다.

"고생 많았습니다, 장지석 선수. 덕분에 재미있는 경기 했어요."

"……."

장지석은 말없이 강민허를 바라봤다.

강민허는 부드럽게 미소를 짓고 있었다.

승자의 여유에서 비롯한 동정 어린 미소가 아니었다.

진심에서 우러나온 말이었다.

재미있었다. 그 말에 장지석 역시 마찬가지로 애써 미소를 지었다.

"저도 재미있었습니다. 물론 제가 이겼더라면 더 재미있었을 텐데, 제가 차마 그 정도 실력까지는 안 됐었나 보군요."

"간발의 차이였습니다. 조금만 실수했더라면, 아마 제가 졌을지도 몰라요."

"아니요. 그 정도는 아니었습니다. 이 경기는 명백히 저의 패배였어요. 카운터 어택과 시간 끌기 작전. 조금만 생각하면 바로바로 떠올릴 수 있는 아주 기초적인 것들을 미처 고려 못한 제 실수가 컸습니다. 그리고 그것을 진작부터 고려하고 있었던 강민허 선수의 꼼꼼함이 빛을 발한 거고요. 이번에는 저의 완벽한 패배입니다."

강민허의 손을 마주 잡아준 장지석.

그러나 장지석은 아직 할 말이 더 남은 듯 입을 열었다.

"하지만 다음에는 지지 않을 겁니다."

"저도 마찬가지입니다."

두 남자는 서로를 바라보며 시원스럽게 웃었다. 카메라는 그런 두 남자의 얼굴 표정을 고스란히 담았다. 대형 스크린에 펼쳐지는 두 프로게이머의 화합. 관중들은 강민허와 장지석의 이름을 번갈아 연호했다.

승자는 강민허였지만, 패자인 장지석에게도 팬들의 위로의 박수가 쏟아졌다.

비록 3 대 0 완패를 당했으나 경기 내용은 역대급이었다는 평가가 많았다.

장지석이 못해서 진 게 아니다. 강민허가 너무 잘해서 진 거다.

동시에 강민허와 도백필의 대결을 바라는 팬들의 기대감은 더욱 커졌다.

* * *

승자 인터뷰 진행 스튜디오에 도착한 강민혀.

이제 이 자리에 서는 것도 지긋지긋할 정도였다.

강민혀는 공식 경기를 치르면서 지금까지 단 한 번의 패배도 경험한 적이 없었다. 특히나 개인 리그에서 보여주는 강민혀의 패기는 장난이 아니었다.

이화영 아나운서가 강민혀에게 질문했다.

"장지석 선수와의 경기를 준비하면서 어느 부분이 가장 힘이 들었었나요?"

"마땅한 파훼법이 없었다는 점이 가장 힘들었던 거 같습니다."

"이미 다 들고 나온 거 아니었나요? 1세트 때에서 보여주셨던 카운터 어택이라든지 2세트의 타임아웃 작전이라든지."

"미리 생각해 온 게 아니었어요. 그냥 즉흥적으로 떠올린 것들이에요. 사실 전 장지석 선수가 시간 끌기나 카운터 어택 같은 대응책을 제가 꺼낼 거라는 걸 미리 알고 있는 줄 알았어요. 그런데 1세트 때, 구석으로 저를 몰아붙이자마자 바로 큰 기술을 사용하길래 '아, 장지석 선수. 카운터 어택을 미처 생각 못 하고 있구나!'라고 알아차리고 그 자리에서 즉흥적으로 바로 카운터 어택을 쓴 거죠."

"세상에. 미리 염두하고 있던 게 아니라요?"

"예."

"그럼 장지석 선수가 카운터 어택을 고려해서 일부러 큰 기술이 아닌 잔기술을 사용했었더라면요?"

"그러면 2세트 경기 양상이 1세트에서 펼쳐졌었겠죠."

"하긴, 그러네요."

강민허는 1안만 떠올리고 있던 게 아니었다.

2안도 있다. 그래서 강민허는 자신이 있었다.

1안이 실패하면 2안을 하면 되니까.

변수의 강민허지만, 변수에 안정성을 더하는 작전이 강민허가 선호하는 패턴이었다.

그 패턴이 제대로 먹혀들어 간 것이다.

"이제 결승 진출을 확정 지었는데. 강민허 선수가 생각하는 결승 상대, 누가 있을까요?"

"뻔하죠."

강민허뿐만이 아니라 게임 팬들, 그리고 관계자들도 하나같이 같은 인물의 이름을 떠올렸다.

"도백필 선수입니다."

이화영도 강민허의 입에서 도백필의 이름이 거론될 줄 미리 알고 있었다.

자타가 공인하는 최강의 로인 이스 프로게이머, 도백필!

그가 결승으로 올라올 것이다. 강민허는 확신했다.

"도백필 선수와 맞붙게 된다면, 강민허 선수는 이길 자신이 있나요?"

"예전부터 말씀드렸던 겁니다만, 자신은 항상 가지고 있습니다. 대신, 이에 따른 준비는 철저하게 해야겠죠."

철저한 준비가 곧 승리를 만들어낸다.

강민허는 여태껏 그러한 경우를 숱하게 체험해 왔었다.

이번에도 마찬가지였다.

연습에 연습을 거듭한 끝에 장지석이라는 거대한 산을 넘을 수 있게 되었다.

그러나 아직 넘어야 할 산이 하나 더 남았다.

게다가 이번 산은 굉장히 가파르다. 난관이 예상된다.

승자 인터뷰의 마지막 공식 질문이 강민허에게 날아들었다.

"끝으로 팬 여러분들에게 한 말씀 해주세요."

"우선 저를 응원해 주신 팬 여러분들, 정말 감사드립니다. 결승전에 누가 올라오든 제가 트로피를 거머쥘 자신이 있으니까 끝까지 응원과 성원의 목소리, 부탁드리겠습니다. 감사합니다."

깔끔한 마무리 멘트까지.

군더더기 없는 강민허의 멘트에 팬들은 다시 한번 그에게 축하의 박수를 보냈다.

승자 인터뷰를 마친 강민허는 코치진들과 함께 대기실로 향했다.

그 전에.

강민허는 아는 인물과 얼굴을 마주하게 되었다.

“축하드립니다, 강민허 선수. 저보다 먼저 결승에 올라가셨군요.”

도백필이었다.

현존하는 최강의 로인 이스 온라인 프로게이머의 등장에 강민허는 잠시 걸음을 멈췄다.

“감사합니다. 일부러 절 축하해 주기 위해 여기까지 오신 겁니까?”

“아니요. 그냥 화장실 가다가 우연히 마주친 거예요.”

“그렇군요.”

“그나저나 장지석 선수와의 경기, 정말 잘 봤습니다. 인상적이었어요. 복잡한 작전보다는 오히려 단순하고 기초적인 작전으로 상대방의 허점을 만들고 공략하는 그 모습, 굉장히 보기 좋았습니다.”

기초 위에 기본이 있고, 기본 위에 심화 단계가 있는 법.

강민허는 기초를 활용해서 어려운 경기를 풀어나가는 저력을 보여줬다.

도백필에게는 그 모습이 굉장히 인상적으로 다가왔다.

하나 강민허는 도백필의 이런 관심이 별로 마음에 들지 않았다.

“도백필 선수. 바로 다음 주에 4강 2번째 경기 있을 텐데. 직접 직관까지 하러 올 정도로 여유가 넘치시나 보군요.”

“사실은 저도 강민허 선수랑 같거든요.”

“같다?”

“네.”

도백필은 가감 없이 자신의 생각을 드러냈다.

“결승 말고 다른 경기에는 관심이 없습니다. 다른 건 그저 결승으로 향하는 통과 의례라는 생각밖에 안 들더라고요.”

“…….”

“어차피 강민허 선수와 저. 이렇게 둘이서 결승에서 맞붙게 될 겁니다. 미리 결승 상대가 될 선수의 전력을 직접 두 눈으로 파악해 두는 건 나쁜 선택지가 아니라고 생각합니다만.”

강민허는 이 순간, 이런 깨달음을 얻었다.

도백필. 이자는 강민허와 비슷한 면이 있다.

강민허는 도백필과 서로 전혀 연이 없는 사람이라고 생각했었다. 달라도 서로가 너무 다르다. 그렇게 판단을 내렸지만, 알고 보니 강민허와 스타일이 드문드문 겹치는 부분이 있었다.

지금 이 발언 역시 마찬가지였다.

그래서 그런 걸까. 강민허는 도백필과의 결승전 경기가 더욱 기대되기 시작했다.

*　　　*　　　*

숙소로 돌아온 강민허는 회식하자는 오진석 코치의 제안을 깔끔하게 거절했다.

회식은 우승하고 난 뒤에 하자는 말을 남기고 다시 컴퓨터 앞에 앉은 강민허.

이제부터가 본격적인 싸움이다.

4강 첫 번째 경기를 치룬 자에게는 혜택이 주어진다.

상대 결승 진출자에 비해 1주가량 더 준비할 시간이 많아진다는 점이다.

그러나 이건 일반적인 시선에서 보자면 그렇게까지 큰 메리트는 아니었다.

애초에 결승전에 올라올 상대가 누군지도 모르는데, 어떻게 준비를 하겠나.

하나 이번의 경우는 달랐다.

결승으로 올라올 상대가 누구인지 너무나도 빤히 보인다.

도백필밖에 없다.

물론 도백필의 상대방으로 결정된 리븐 타이거즈의 최명철 선수도 나름 네임벨류가 있는 선수임에는 틀림이 없다. 그러나 도백필에 비하면 초라하기 그지없는 이력이다.

뿐만 아니라 도백필의 최근 기세가 너무 좋다. 이것저것 비교해 봐도 도백필이 압승이다.

그래서 강민허는 결승전에 도백필이 상대 선수로 정해질 거라고 이미 기정사실화하고 있었다.

강민허뿐만 아니라 코치진들 역시 비슷한 생각을 하고 있었다.

도백필이 올라올 것을 가정해 결승전을 준비하라.

이것이 강민허에게 주어진 숙제이자 사명이다.

도백필이 올라온다는 전제하에 강민허는 결승전을 준비하기로 마음을 먹었다.

설령 도백필이 결승 진출에 실패했다 하더라도 결승 상대가 확정된 다음부터 결승전 준비를 하면 된다. 어차피 상대방도 똑같을 것이다. 적어도 강민허가 손해 보는 건 없다. 그것만으로도 충분하다.

하나 강민허는 최명철이 도백필을 누르고 결승 티켓을 거머쥘 거라고 생각하지 않았다.

도백필이 이길 것이다.

많은 전문가들도 도백필이 이기리라 예상하고 있었다.

차라리 도백필 VS 장지석이었더라면 승률이 일방적이진 않았을지도 모른다. 장지석은 최명철에 비해서 많은 경험과 지식, 그리고 실력을 가지고 있는 선수였다. 하나 그런 장지석은

4강에서 강민허를 만나 탈락의 고배를 마시게 되었다.

이제 최명철이 어떻게 도백필을 상대할지. 그것을 지켜보는 일만 남았다.

4강 경기를 치른 다음 날. 강민허는 저녁에 개인 방송을 켰다.

방송을 켜자마자 사방에서 도네이션이 날아들었다.

"SG779 님, 십만 원 후원 감사합니다. 그리고… 아메리카노좋아좋아 님, 이십만 원 후원 정말 감사합니다."

1분도 안 돼서 후원 금액이 순식간에 100만 원을 돌파했다.

어마어마한 수치였다.

2시간에 8백만 원 이상은 당긴 것 같았다.

강민허의 방송은 시청자 숫자도 많지만, 소위 '큰손'이라 불리는 시청자도 꽤 많은 편이었다.

돈을 쓰는 데에 거침이 없었다.

강민허가 자극적인 리액션을 보여주지 않아도 시청자들은 그저 강민허가 좋다는 이유 하나만으로 엄청난 후원금을 보내왔다.

웬만한 월급쟁이가 받는 월급의 수십 배를 받게 된 강민허는 멋쩍은 듯 미소를 지었다.

"원래는 그냥 복기 방송만 하고 끌 생각이었는데. 그냥 끄기도 뭣하게 되어버렸네요."

이렇게까지 많은 후원을 받았는데, 짧게 방송을 끝내고 바로 돌아가 버리면 먹튀라고 욕먹을지도 몰랐다.

강민허는 적어도 양심이 있는 선수였다.

받은 만큼 일을 해야 한다는 사고방식 정도는 가지고 있었다.

예정에 없었던 게임 방송 일정이 짜여졌다. 평소 못 했었던 인디 게임 모음집을 플레이하는 강민허. 아무래도 프로게이머이다 보니 어려운 난관도 압도적인 피지컬로 순식간에 돌파해 버렸다.

개인 방송을 이어가다 보니 시간은 어느새 새벽 1시를 가리키고 있었다.

"이제 슬슬 방종하겠습니다. 내일도 다시 방송 켤 테니까 너무 아쉬워하지 마시고요. 그럼 내일 봐요. 바이바이."

방종송을 튼 다음에 1분 뒤, 바로 방종을 했다.

방종하자마자 강민허의 스마트폰이 가볍게 진동했다.

이화영으로부터 온 연락이었다.

새벽 1시가 넘으면, 웬만하면 전화나 문자 같은 걸 잘 안 보내곤 한다. 이화영도 마찬가지다. 그럼에도 불구하고 그녀가 이 시간에 연락을 한 것에는 다 이유가 있었다.

강민허의 방송을 보고 있었기에 아직도 강민허가 잠을 안 자고 있다는 사실을 알아낼 수 있었던 것이다.

그리고 또 한 가지 더 있다.

"여보세요?"

—나야.

"무슨 일이야? 급한 용무라도 있어?"

—아니. 어제 경기, 이겨서 축하한다는 말을 제대로 못 한 거 같아서. 그래서 따로 만나서 축하의 말이라도 전해주려고 했는데… 서로 시간이 안 나니까. 그래서 전화라도 하기로 했어.

안 좋은 일로 연락을 준 게 아니라서 천만다행이었다.

강민허는 내심 무슨 사고라도 터졌나 하는 걱정을 했었다. 그러나 순수하게 축하 인사를 전하기 위한 목적이라는 말을 들으니 강민허는 본인도 모르게 안도를 했다.

"이기는 거야 당연한 거지. 내 목표는 결승 진출이니까."

—하긴, 그렇지. 결승전 준비는 잘돼가?

"대충."

—아직 상대 안 정해졌잖아. 아니면 도백필 선수가 올라올 것을 가정하고 준비하는 거야?

"그런 셈이지. 근데 확실히 도백필 선수는 도백필 선수야. 영상을 대충 훑어보긴 했는데, 약점이랄 게 안 보이네."

—괜히 최강의 프로게이머라 불리는 게 아니니까. 나도 여태까지 게임 관련 일을 하면서 느낀 건데, 승자 인터뷰를 가

장 많이 해본 사람이 도백필 선수야. 도백필 선수의 최근 전적에 패배라는 글자가 전혀 안 보이니까.

도백필은 지금, 절정의 시기를 달리는 중이었다.

물론 예전에도 범접할 수 없는 포스를 자아냈던 프로게이머다. 하나 예전에 비해 지금이 더 전성기라 불릴 만큼 엄청난 승률을 보여주고 있었다.

최근 가졌던 50경기 중 진 적은 단 한 차례도 없었다. 무승부가 딱 한 경기 있었는데, 그 무승부가 바로 강민허와 4강전을 치렀던 선수, 장지석이 만들어낸 결과물이었다.

장지석조차 도백필을 상대로 겨우 무승부 경기 하나를 만들어내는 데에 그칠 정도였다. 그 정도로 최근 도백필의 기세가 만만치 않다.

하나 강민허의 기세 역시 도백필에 비해 전혀 꿀리지 않았다.

강민허도 백전백승을 자랑하는 무적의 기세를 자랑하는 중이었다.

두 남자 만약 결승전에서 맞붙게 된다면… 결승전 현장은 뜨겁게 달아오를 것이다.

—아무튼 4강 경기 이긴 거, 축하하고. 결승전에서도 꼭 좋은 모습 보여줬으면 좋겠어. 만약에 네가 결승전에서 우승하면, 내가 맛있는 거 살게.

"오, 진짜? 기억하고 있을게."

—물론이지! 대신, 꼭 이기는 거야.

"알았어. 뭐 먹을지 미리 정해두고 있어. 뭣하면 미리 예약해도 돼."

강한 자신감을 드러내는 강민허. 그의 말에 이화영은 만족한 듯 환하게 웃었다.

이화영에게 응원을 받고 나니, 오늘 하루 쌓였던 피로가 싹 녹아 없어지는 듯한 기분이었다.

미녀의 응원은 역시 힘이 된다.

마음 같아선 이화영도 강민허를 적극적으로 도와주고 싶었을 것이다. 그러나 이화영이 결승전에서 맞붙을지 모르는 두 선수 중 한 명의 편만 일방적으로 들어주게 되면, 분명 나중에 안 좋은 소문이 돌게 될지도 모른다. 그것을 주의해야 한다. 그래서 이화영은 축하의 말을 전하는 것으로 아쉬움을 달래야 했다.

강민허도 그걸 잘 알기에 딱히 이화영의 태도에 섭섭함을 가지지 않기로 했다.

그보다 도백필을 어떻게 공략할지. 그것부터 먼저 생각을 해야 한다.

옛날 플레이 영상을 돌려 보고 돌려 봤다.

그러나 뭐랄까. 필이라는 게 꽂히지 않았다.

기왕이면 최근 영상을 보고 싶다.

비공식으로 치러진 연습 영상은 구하기 어렵다. 해당 팀 내에서 영상 유출을 엄격하게 금지, 통제하고 있기 때문이었다.

대신, 합법적으로 가장 최근의 경기를 볼 수 있는 수단이 하나 존재한다.

기지개를 펴면서 거실로 나오는 오진석 코치. 강민허는 오코치에게 다가가 물었다.

"코치님. 혹시 4강 두 번째 경기, 표 남는 거 있어요?"

"표? 아니, 다 매진일 텐데. 왜?"

"직접 가서 경기 보게요."

"방송으로 봐도 되잖아?"

"도백필 선수가 실제 경기에서 어떻게 경기를 준비하는지, 이런 것들을 제 두 눈으로 다 보고 머릿속에 담아두고 싶어서요. 경기 외적으로 보이는 것들이 방송에 다 송출되는 건 아니잖아요?"

"하긴, 그렇지. 알았다. 표는 내가 구해보마. 관계자석으로 구할 수 있을 거야. 괜찮지?"

"그걸 노리고 코치님에게 따로 부탁드린 거예요."

"하여튼 이 녀석은."

뛰는 오진석 코치 위에 나는 강민허 있다.

오진석 코치는 어이가 없는 모양인지 웃음을 흘렸다.

*　　　*　　　*

오진석 코치의 말대로 관계자석 티켓을 확보하게 된 강민허.

대신, 동행자가 붙기로 했다.

허태균 감독이었다.

"나도 도백필 선수의 폼이 어디까지 올라와 있는지 직접 보고 싶으니까. 같이 가도 괜찮겠지?"

"상관없습니다."

강민허는 쿨하게 허태균 감독의 동행에 찬성했다.

도백필과 최명철의 경기는 이틀 뒤에 펼쳐질 예정이었다. 그전까지 강민허는 도백필의 경기 영상을 분석하고 또 분석했다.

장지석 때처럼 이유 모를 답답함을 느꼈다.

해법이 보이지 않았다.

차라리 장지석처럼 특징 있는 플레이를 선보이는 선수라면, 그나마 공략법이라도 보일지 모른다. 그러나 도백필의 경기는 전체적으로 무난하다. 상대가 변수를 들고 와도 도백필은 정석적인 플레이를 지향하면서 실력으로 상대방을 압살한다.

그러니 할 말이 없어지는 것이다.

허태균 감독과의 대화를 마치고 계속해서 도백필의 경기 영상을 지켜보는 강민허.

'4강부터 경기들이 쉬운 게 하나도 없네.'

강민허는 그렇게 생각했다.

하기야. 준결승, 결승이라는 말이 괜히 붙는 게 아니다. 그에 걸맞은 실력자들이 위로 올라왔기에 이런 어려운 양상이 펼쳐지는 것이다.

한편으로는 충분히 이해가 되지만, 한편으로는 한숨이 절로 나왔다.

천하의 강민허가 이렇게까지 난색을 표하는 건 허태균 감독도 처음 보는 일이다.

그러나 오히려 이런 반응을 보이는 게 당연한 것일지도 모른다.

강민허는 세계 챔피언의 자리까지 올랐던 남자이긴 하지만, 로인 이스 온라인에서는 아직 한창 커가야 할 신인에 불과하다.

게다가 상대는 어렵다고 소문이 난 도백필. 아무리 강민허라 하더라도 이번만큼은 결코 쉽지 않을 터였다.

결승전은 온전히 강민허 혼자서만 준비하는 게 아니다.

코치진들이 적극적으로 강민허를 도와줄 예정이었다.

"안 풀리는 거 있으면 언제든지 말해라. 나도 도와줄 수 있는 내에서 최대한 도와줄 테니까."

허태균 감독이 강민허에게 슬쩍 말을 흘렸다.

강민허는 허태균 감독에게 물었다.

"도백필 선수가 졌던 영상들은 있나요?"

"도백필 선수가 패배한 영상이라… 손에 꼽을 정도이긴 한데, 있긴 할 거야."

"리스트 좀 뽑아주실 수 있나요?"

강민허에게 필요한 건 바로 도백필이 패배한 경기 양상을 파악하는 것이다.

허태균 감독은 잠시만 기다리라고 하고서 코치진들을 소집했다.

이들이 고른 영상은 딱 9개.

허태균 감독이 말했던 그대로 손에 꼽을 정도였다.

두 자릿수가 넘어가지 않는 패배 영상이라니. 강민허는 혀를 찼다.

세계 챔피언의 자리에 올랐던 강민허도 적지 않은 패배를 경험했었다. 그 패배의 경험이 있기에 강민허는 최고의 자리에 올라설 수 있었다.

그러나 도백필은 달랐다.

마치 아무런 고생도 하지 않고 최고의 자리에 오른… 로인이스 온라인계의 다이아몬드수저 정도 되는 인물로 보였다.

영상을 본 강민혀는 자신도 모르게 탄식을 내뱉었다.

패배 영상을 따로 모아서 봤지만, 전혀 도움이 안 되는 것들뿐이었다.

전부 다 3 대 3 프로 리그 영상이었기 때문이다.

도백필이 속한 팀이 패배한 영상이 총 9개다. 도백필이 패배한 건 맞다. 그러나 이건 도백필 개인이 패배한 게 아니다. 팀이 못해서. 손발이 안 맞아서. 그래서 패배한 것으로밖에 보이지 않았다.

패배한 영상 속에서도 도백필은 혼자서 고군분투하는 모습을 보였다.

도백필 혼자서 두 명을 아웃시키는 영상도 있었다.

그러나 놀랍게도 이것은 도백필이 패배한 경기 영상이었다.

적어도 그는 팀이 패배할 때에도 항상 1인분 이상은 했다.

패배 영상이라고 보기 힘들었다.

"프로 리그 말고 개인 리그 영상은요?"

오진석 코치는 고개를 가로저었다.

"찾아봤는데 없더라."

"아니, 그러면 도백필은 여태까지 단 한 차례도 안 졌단 말이에요?"

"이기거나, 아니면 기권하거나. 아니면 그 리그에 불참했거

나. 셋 중 하나였어."

"……."

기가 막힐 노릇이었다.

결승 경기를 앞두고 강민허가 선택한 전략이 하나 있었다.

오늘 일을 내일로 미루자.

상대가 도백필이라는 건 이미 높은 확률로 정해진 일이긴 했지만, 문제는 도백필의 플레이 스타일에 허점이 보이지 않는다는 것에 있었다.

도백필이라는 선수에 대해 좀 더 깊은 연구가 필요한 순간이었다.

그러기 위해서라도 강민허는 일단, 도백필과 최명철이 경기를 펼치는 4강 두 번째 경기를 직접 관람하기로 했다.

그 전까지 강민허는 기본적인 연습을 밑바탕으로 도백필의 공식 경기 플레이 영상을 모니터링하는 데에 모든 에너지를 쏟았다.

개인 방송은 하루에 3시간만 하기로 했다.

벌어들이는 금액은 개인 방송이 훨씬 더 컸지만, 그래도 강민허는 명예도 놓치고 싶지 않았기에 개인 리그 준비에 만전을 기하고 싶었다.

비록 2부 리그이긴 했으나, 강민허는 데뷔와 동시에 프로 리그 우승을 거머쥐었다.

여기에 개인 리그 우승까지 거머쥐게 되면, 강민허의 인지도는 더욱 상승할 것이다.

아무리 뛰어난 선수라 하더라도 개인 리그에서 우수한 성적을 보여주지 못하면 무시당하기 일쑤다. 강민허는 그런 일은 절대로 겪고 싶지 않았다. 그래서 그는 이번 개인 리그에 사활을 걸기로 했다.

일어나서 밥 먹고 연습하고, 모니터링하고. 또 밥 먹고 연습하고 모니터링하고. 중간에 개인 방송 잠깐 했다가 연습하고 모니터링하고.

이것이 최근, 강민허의 생활 패턴이 되어버렸다.

성진성조차도 '저런 미친 놈이 다 있나'라고 말할 정도였다.

그래도 성진성만큼 강민허를 열심히 도와주는 동료 프로게이머도 없었다.

성진성이 강민허의 메인 스파링 상대가 된 이유는 따로 있었다.

성진성과 도백필이 사용하는 캐릭터의 클래스가 한 손 검사로 딱 정확히 일치한다는 점 때문이었다.

물론 ESA뿐만 아니라 다른 프로게이머 팀에도 한 손 검사 클래스를 사용하는 프로게이머들은 널리고 널렸다. 로인 이스 온라인을 통틀어 가장 많은 직업군이라고 한다면 바로 한 손 검사일 것이다.

공격과 방어가 가장 적절하게 균형잡힌 캐릭터였기 때문이었다.

파일럿의 입맛에 따라 한 손 검사는 방어형, 공격형 등 다양한 포지션으로 변할 수 있었다. 그래서 한 손 검사가 가장 인기 있는 직종이다.

뿐만 아니라 로인 이스 온라인의 대스타, 도백필이 사용하는 클래스라는 것도 한몫 단단히 했다.

그가 사용하는 스킬 트리, 아이템 세팅 등 모두가 다 유행이 되었다.

도백필이 공식 경기에 나와서 보여주는 스타일은 그 당일 바로 저녁부터 유행처럼 로인 이스 온라인의 세계에 번진다.

그만큼 게임에 미치는 도백필의 영향력은 실로 어마어마했다.

그런 도백필과 정면으로 싸우게 될지도 모르는 강민허. 오진석 코치는 하루하루가 지날 때마다 의심이 되었다.

"너, 정말로 도백필 선수랑 싸워서 이길 자신 있냐?"

"코치님. 선수의 의욕을 꺾으면 어떻게 합니까?"

"네가 이런 말로 의욕 안 꺾일 선수라는 거, 무진장 잘 아니까 약한 척하지 마라."

"코치님은 저를 너무 잘 아세요."

강민허는 입꼬리를 말아 올렸다.

도백필의 리플레이 영상을 1주일 내내 모니터링했던 강민허. 처음에는 약한 소리를 많이 했지만, 그 약한 소리는 5일째에 쏙 들어갔다.

대신, 뭔가를 골똘하게 생각하는 모습을 자주 보였다.

강민허가 이런 모습을 보인다는 건, 다시 말해서 파훼법을 떠올렸다는 것과 마찬가지였다.

오진석 코치는 강민허가 떠올린 파훼법이 궁금했다.

그러나 강민허는 말을 아꼈다.

"아직은 말씀드리기 부족한 단계예요."

"뭐가 부족한데?"

"확신이 서는 부분이 없거든요. 이건 도백필 선수하고 최명철 선수가 경기를 펼치는 모습을 보고나서 확신할 수 있을 거 같아요."

"흠, 그래?"

어차피 강민허는 허태균 감독과 같이 경기를 관람하기로 예정을 잡아뒀다.

그 경기는 바로 내일 펼쳐진다.

*　　*　　*

도백필 선수 VS 최명철 선수의 대결 당일.

강민허는 허태균 감독과 함께 일찌감치 경기장을 찾았다.

아직 관중들이 경기장에 들어오려면 멀었다. 그동안 강민허는 또 다시 개인 방송을 켜 미리 현장 중계를 하기 시작했다.

도중에 허태균 감독을 불렀다.

"감독님."

"어? 왜."

"잠깐 인터뷰 좀 해요."

"뜬금없이 왠 인터뷰… 그보다 이거, 뭐냐? 왜 스마트폰을 셀카봉에 연결해서 들고 다니는 거야."

"개인 방송 중이에요."

"뭐어?!"

화들짝 놀란 허태균 감독.

그는 여태껏 단 한 차례도 강민허의 개인 방송에 출연한 적이 없었다.

게임 관련 채널에 가끔 모습을 드러낸 적은 있었지만, 아직 인터넷 개인 방송에 출연은 하지 않았다.

본의 아니게 허태균 감독은 강민허의 개인 방송을 통해 강제로 인방의 세계에 데뷔하게 되었다.

“아, 안녕하세요. ESA의 허태균 감독입니다. 아무쪼록 우리 민허, 잘 부탁드려요.”

어색한 미소를 흘리는 허태균 감독. 강민허는 그의 어색해 하는 모습에 남몰래 웃음을 삼켰다.

인터뷰라는 거창한 단어를 사용했지만, 그냥 근황이나 오늘 경기의 예상 등 간단한 질문만 주고받는다는 형태로 끝을 냈다.

개인 방송을 종료한 강민허. 허태균 감독은 눈을 흘겼다.

“너는 진짜 여유가 넘치는구나.”

“그럴 수밖에 없죠. 제 경기도 아닌데.”

“네 결승 상대가 정해지는 중요한 경기잖아.”

“승자는 정해져 있어요. 도백필 선수죠. 문제는 도백필 선수가 ‘어떻게’ 최명철 선수를 꺾고 결승전으로 올라오느냐. 이걸 확인하기 위해 여기까지 온 거예요.”

“하긴, 그렇지.”

허태균 감독도 깔끔하게 인정했다.

방금 전, 허태균 감독은 강민허의 개인 방송에서 승자 예측에 대한 질문을 들었을 때, 이렇게 말했다.

치열한 승부 끝에 도백필 선수가 이길 거 같다고.

그러나 이건 사실 사탕발림 같은 거였다.

치열한 승부는 개뿔. 일방적인 경기 흐름이 이어지다가 도백필이 3 대 0으로 압살할 것이라는 말을 하고 싶었다. 하나 조금의. 아주 조금의 긴장감을 연출하기 위해 허태균 감독은 일부러 그런 말을 들려줬다.

"도백필 선수한테 따로 인사하러 갈 거냐?"

"아니요."

강민허는 단호했다.

"굳이 인사 나눌 필요가 있나요. 어차피 적이 될 사람인데."

"그렇긴 하지. 그래. 나도 굳이 인사를 강요할 생각은 없었으니까. 그냥 여기 있자."

"네."

강민허는 차라리 그게 편했다.

그리고 중요한 경기를 앞두고 있는 선수를 함부로 찾아가는 건 민폐다.

강민허는 그걸 잘 알기에 일부러 도백필을 찾아가지 않기로 결심했다.

* * *

4강 두 번째 경기를 관람하기 위해 많은 사람들이 자리를 채웠다.

로인 이스 온라인의 슈퍼스타, 도백필의 경기는 매번 이렇게 전석 매진이다.

그의 경기를 직접 육안으로 본다는 건 로인 이스 온라인 유저로서 매우 영광된 일이기도 했다.

심지어 외국에서 도백필의 경기를 직접 보기 위해 한국으로 찾아오는 이들도 적지 않을 정도였다.

세계를 재패한 최강의 프로게이머, 도백필!

그가 부스 안으로 걸음을 옮겨 장비 세팅에 들어갔다.

최명철 선수도 마찬가지였다.

경기 준비는 4강 첫 번째 경기에 비해 상대적으로 빠르게 진행되었다.

민영전 캐스터가 관객의 호응을 유도하기 위해 일부러 목소리를 높였다.

"지금부터 결승으로 향하는 마지막 길! 도백필 대 최명철 선수의 경기를 지금 시작하겠습니다!"

엄청난 함성이 경기장을 가득 채웠다.

강민허는 속으로 감탄을 내뱉었다.

'내가 경기할 때에도 이렇게 많은 사람들이 응원을 보냈던 걸까? 신기하네.'

녹화 영상으로 한번 보긴 했었지만, 이렇게 현장감을 직접 느껴보니 느낌이 달랐다.

그러나 경기는 그렇게까지 긴장되지 않았다.

여기 있는 대다수의 사람들이 다 도백필이 이기리라 예상하고 있었다.

열세에 밀린 만큼, 최명철의 팬들은 목이 터져라 최명철을 응원했다.

최명철도 결의를 다졌다.

'쉽게 질 수 없지!'

게임에 들어가자마자 최명철은 곧바로 도백필에게 달려들었다.

저돌적인 공세. 이것이 최명철의 특징이다.

최명철이 다루는 캐릭터의 클래스는 플레임 랜서. 화염 속성 공격을 주로 삼는 창병이다.

마검사 부류에 속하며, 마법이든 물리 공격이든 어느 쪽에서나 능통한 모습을 보인다.

뿐만 아니라 무기가 창이라서 그런지 한 손 검사에 비해 리치가 굉장히 긴 편이었다.

그럼에도 불구해고 도백필은 대형 방패를 들어 올린 채 침착하게 상대방의 공격을 맞받아쳤다.

최명철이 공격을 감행한 타이밍을 정확히 노려 패링을 시도했다.

투웅!

방패로 최명철의 창을 쳐내는 데에 성공한 도백필.

관중석이 뜨겁게 달아올랐다.

격투가에게 카운터 어택이 있다면, 한 손 검사에게는 패링이 있다. 비슷한 기술인 만큼 성공시킬 수 있는 확률도 극악이다.

그럼에도 도백필은 너무나도 쉽게 패링을 성공시켰다.

패링에 실패하면 오히려 대미지를 두 배로 받는 위험 부담을 거머쥐어야 하지만, 도백필은 애초에 패링 실패를 염두한 적이 없는 것처럼 망설임 없이 패링을 시도했다.

결과적으로 그의 선택은 옳았다.

패링 성공과 동시에 대검으로 최명철에게 강력한 대미지를 입히는 데에 성공한 도백필.

선공은 도백필이 가했다.

"큭!"

최명철은 캐릭터를 뒤로 뺐다.

그러자 민영전 캐스터가 놀란 듯 소리쳤다.

"아아아!! 최명철 선수! 후퇴했습니다! 제가 최명철 선수의 경기를 중계하면서 처음 보는 일인 거 같은데요!"

오로지 공격, 공격, 공격. 그것이 최명철의 가장 큰 개성이었다.

그런 최영철이 공격을 포기하고 뒤로 물러섰다. 자신만의 스타일을 접어둘 정도다. 그만큼 도백필의 플레이가 매섭다는 것을 뜻했다

한편. 기세 싸움에서 승리를 거둔 도백필이 이번에는 먼저 공격을 가하기 시작했다.

방패로 상대방의 창을 견제하면서 한 손 검으로 반격을 꾀한다.

빈틈이 없는 완벽한 포지션이었다.

그러나 최명철도 쉽게 당할 생각은 없었다.

화르륵!

그의 창에 불이 깃들기 시작했다.

플레임 랜서의 가장 큰 장기.

무기에 화속성을 발라 가하는 강력한 물리, 마법 공격!

도백필이 든 대형 방패는 물리 공격은 방어할 수 있지만, 마법 공격에는 취약하다.

"이번에는 절대로 안 진다!"

최명철은 각오를 다졌다.

플레임 랜서는 빠른 움직임으로 도백필의 캐릭터에게 달려들었다.

측면으로 빠진 플레임 랜서.

전방 가드의 빈틈을 노린 예리한 공격이었다.

다른 프로게이머였더라면 어버버 하다가 최명철의 공격을 그대로 허용하는 꼴을 맞이하게 되었을 것이다.

그러나.

상대방이 도백필이라는 게 좋지 않았다.

“……”

도백필은 대형 방패를 그대로 집어 던졌다.

방패 던지기. 한 손 검사가 구사할 수 있는 몇 안 되는 원거리 물리 공격 스킬이었다.

최영철을 공격하기 위해 방패를 던진 게 아니었다.

도백필은 방패를 일부러 포기했다.

방패를 포기한 순간, 한 손 검사의 공격력은 2배로 상승한다.

두 손으로 검의 손잡이를 잡았다. 한 손 무기에서 양손 무기 판정으로 들어갔다.

양손 무기 형태의 공격력이 한 손 무기 형태의 공격력보다 월등히 높다.

공격력 2배 상승 버프는 이때 발휘된다.

대미지를 끌어 올린 도백필.

그의 검이 플레임 랜서의 복부에 꽂혔다.

도백필의 강력한 일격!

심지어 최명철의 입장에선 운도 안 좋았다.

크리티컬 판정이 들어간 것이다.

'하필이면 크리티컬이냐!'

침을 꿀꺽 삼키는 최명철. 단 한 방의 일격이었음에도 불구하고 대미지가 엄청났다.

플레임 랜서는 격투가 클래스와 마찬가지로 공격력 쪽으로 스탯이 몰린 직업이었기에 방어력, HP 양이 그리 높지 않은 편이었다.

안 그래도 종이 몸이라 불리는 캐릭터인데, 도백필의 일격을 정통으로 맞았으니 치명상일 수밖에 없었다.

HP가 순식간에 3분의 1이 깎여 나갔다.

도백필의 한 손 검사 캐릭터는 공격력이 그렇게까지 큰 편이 아니었다. 공격력과 방어력의 밸런스가 균등하게 유지된 평균적인 캐릭터.

그런데도 HP의 3분의 1가량이 날아갔으니. 상당한 피해였다.

다시 재정비를 하기 위해 캐릭터를 뒤로 물린 최명철.

생각을 달리 할 필요가 있어 보였다.

'경기 양상이 이대로 계속 흘러갔다간 내가 당한다! 좀 더 침착하게, 그리고 날카롭게!'

어차피 HP 상황이 상대방보다 뒤처져 있음에도 불구하고 최명철은 그렇게까지 크게 걱정하지 않았다.

플레임 랜서는 장지석의 광전사급으로 높은 공격력을 보유하고 있는 캐릭터다.

강민허가 보여준 전략처럼 HP 상황을 앞세워 타임 아웃까지 상대방이 끌고 갈 수도 있지만, 그래도 플레임 랜서는 광전사보다 움직임이 빠른 편이어서 그럴 걱정은 덜할 수 있었다.

플레임 랜서의 장점은 빠른 공속과 이속, 그리고 높은 공격력이다.

공속과 이속은 적어도 플레임 랜서가 한 손 검사보다 높은 편이었다.

타임 아웃을 노리기 위해 시간 끌기 작전을 선택한다 해도, 최명철은 도백필을 뒤따라잡을 자신이 있었다.

그리고 공격력이 워낙 높은지라 일발 역전이 가능한 상황이었다.

유효타만 몇 번 낸다면 이까짓 HP 열세는 금세 뒤집을 수 있다.

'침착하자, 침착해! 어떻게 부여잡은 기회인데! 이번 경기만 이기면 결승 직행이라고! 허무하게 질 수는 없지!'

모든 사람들이 도백필이 승자가 될 거라고 예측하고 있었다.

최명철은 그것을 말없이 지켜만 봤다.

하나 말을 아꼈다 하더라도 최명철이 이 상황을 납득했다는 말과 동일하다는 뜻으로 받아들이면 안 된다.

최명철은 속으로 분을 삭히고 있었다.

세상 어느 누가 본인이 질 거라고 미리 납득을 하고 경기에 임하겠는가.

적어도 본인만큼은 적이 누가 됐다 하더라도 이길 자신감을 가지고 경기에 임해야 한다.

그것이 바로 승부사다.

최명철은 본인을 승부사라 생각한다.

지금 상황에서 필요한 건 바로 과감함이다.

'모 아니면 도다!'

성공하면 대박. 실패하면 1세트를 미련 없이 깔끔하게 내주기로 마음먹었다.

다전제에서 중요한 건 멘탈 싸움이다. 다 잡은 세트를 내주게 되어 멘탈이 흔들리는 것보다, 그냥 내줄 생각을 하고 자신이 하고 싶은 것들을 마음껏 하다가 패배하는 것이 훨씬 편했다.

적어도 최명철은 그런 스타일이었다.

이 과감함으로 최명철은 질 뻔했던 경기들을 승리로 이끈 적이 다수 있었다.

자세를 취한 최명철. 중계진들은 최명철이 어떤 행동을 할 것인지 예상한 듯 멘트를 지속적으로 이어갔다.
"최명철 선수! 공격에 올인할 생각인가 보군요!"
"수비보다는 공격! 역시 최명철 선수답습니다."
"이런 화끈함 때문에 게임 팬들이 최명철 선수에게 열광하는 거겠죠!"
상황이 우세하지 않아도 최명철은 계속 공격한다.
그에게 유일한 해법은 오로지 공격뿐이다.
빠르게 앞으로 치고 나가는 최명철의 플레임 랜서.
도백필은 최명철이 거리를 좁혀 들어올 줄 알고 있었다.
도백필은 방패를 잃었다.
다시 주우면 그만이지만, 최명철은 그럴 틈을 주지 않았다.
이렇게 된 이상.
도백필도 선택을 해야 한다.
"……."
말없이 모니터를 응시하던 도백필.
그의 양손이 갑자기 빠르게 움직이기 시작했다.
한 손 검사의 스탠딩 자세가 바뀌었다.
아까와 같이 양손으로 검을 움켜쥐었다.
극공 자세.
방어를 포기하고 공격력을 극강으로 올려주는 폼으로 바꾼

것이다.

그렇다고 공격력이 플레임 랜서를 웃도는 건 아니었다. 하나 플레임 랜서의 현재 HP 상황을 고려한다면, 이 정도만으로도 충분했다.

도백필은 플레임 렌서와 마찬가지로 자신의 캐릭터를 앞으로 전진시켰다.

공격을 공격으로 받아치려는 속셈이었다.

도백필의 선택지는 최명철에게 있어서 굉장히 의외였다.

원래 도백필은 상대방이 어떻게 나오는지를 예의 주시 하다가 그때마다 적절하게 상황에 맞게 대응을 하는 편이었다.

그러나 공격을 공격으로 맞받아치는 경우는 거의 없었다.

"그렇게 나오시겠다 이거지!"

최명철은 공격 스타일의 프로게이머라면 빼놓을 수 없는 선수였다.

공격으로 나온다면, 최명철은 오히려 땡큐였다.

자신 있는 종목이었기 때문이었다.

"그래, 어디 한번 해보자!"

최명철의 손에 모터가 달린 듯 빠르게 움직였다.

도백필 역시 마찬가지였다.

하나 승리의 여신은 애석하게도 최명철이 아닌 도백필을 향해 미소를 지어줬다.

도백필의 검이 플레임 랜서의 가슴팍에 박혔다.

이번에도 크리티컬이 떴다.

2연속 크리티컬! 대미지는 어마어마했다.

쭉 내려가는 플레임 랜서의 HP. 최명철은 식은땀을 훔쳤다.

"위험해, 위험하다고!"

HP가 10%밖에 남지 않은 상황이었다.

도백필도 플레임 랜서에게 공격을 당한 건 마찬가지였다. 그러나 애초에 방어력, HP 싸움으로 가면 플레임 랜서보다 한 손 검사가 더 우위에 설 수밖에 없었다.

게다가 도백필은 크리티컬 저항력도 높은 편이었다.

공격을 공격으로 응수하는 건 이미 철저하게 계산된 행동이었다.

"젠장!"

최명철은 다시 캐릭터를 뒤로 빼려고 했다.

그러나 도백필은 이번에는 가만히 있지 않았다.

거리를 좁혀 들어갔다.

검을 크게 휘두르자, 플레임 랜서의 HP가 또 다시 밑으로 향했다.

계속되는 도백필의 무자비한 공격. 최명철은 도망 다니기 바빴다.

그 최명철이 도망이라니. 중계진들은 놀라 입을 쩍 벌렸다.

"최명철 선수가 이런 모습을 보여준 적이 있었나요! 도백필 선수의 기세가 매섭습니다!"

"상대가 안 좋았어요. 하필이면 도백필 선수라니. 최명철 선수, 1세트에서 멘탈 많이 망가지겠네요. 걱정될 정도입니다."

계속해서 수세에 몰리다가 결국 아웃을 당한 최명철.

이로서 1세트는 도백필이 차지하게 되었다.

"……."

최명철은 한동안 반응을 하지 못했다.

무슨 일이 벌어졌는지 실감이 나지 않을 정도였다.

"도대체… 이게 어찌 된 일이야."

할 말이 없었다.

공격 대 공격 대결에서 밀리지를 않나. 세트를 내주기까지 했다.

아주 무난한 패배였다.

*　　　*　　　*

한편.

1세트를 전부 지켜봤던 강민허는 말없이 대형 모니터를 응시했다.

허태균 감독이 대신해서 소감을 들려줬다.

“굉장하군. 역시 도백필이야. 아주 무난한 경기였어.”

“그러게요. 단 한 번의 위기도 없었네요.”

도백필의 리플레이 영상은 죄다 그렇다. 위기라고 불릴 만한 순간이 없었다.

아주 순탄하게. 순풍에 돛을 단 배처럼 스무스하게 승리를 가져갔다.

이번에도 같았다.

최영철만 혼자 난리를 피웠다.

반면, 도백필은 표정 하나 변하지 않은 채 상대방이 어떻게 나오느냐에 따라 침착하게 대응하고 응수했다. 그 결과, 도백필이 승리를 가져가게 되었다.

허태균 감독은 강민허에게 물었다.

“어떠냐. 도백필 선수, 공략 방법이 보이냐?”

강민허가 들려준 대답은 이러했다.

“아니요. 딱히 안 보이네요.”

“하긴. 나도 안 보이더라.”

허태균 감독은 지금까지 수많은 선수들의 경기를 봐왔었다.

그중에서 특히 도백필의 리플레이 영상은 보면 볼수록 잘 이해가 안 갔다.

어떻게 단 한 차례의 위기도 없이 너무나도 편안하게 승리를 가져갈 수 있을지. 허태균 감독은 그것이 정말 알고 싶었다.

어쩌면 그것이 재능의 차이일지도 모른다.

하나 이번에는 다를 것이다.

ESA 쪽에도 재능 넘치는 게이머, 강민혀가 대기하고 있다.

재능 VS 재능.

같은 재능러들끼리 맞붙었을 때, 과연 승패의 결과가 어떻게 될지.

허태균 감독은 문득 그게 궁금해졌다.

*　　　*　　　*

1세트에서 승리를 따냄과 동시에 상대의 멘탈을 완전히 흔들어 버리는 데에 성공한 도백필은 2, 3세트 역시 무난하게 가져갈 수 있었다.

결과는 3 대 0.

모두가 얼추 예상했던 결과가 그대로 나와 버렸다.

게임 팬들의 반응은 대체적으로 이러했다.

4강 경기 두 번이 다 3 대 0으로 나와서 싱겁다. 하나 결승전은 대박 매치라서 매우 기대된다는 여론이 형성되었다.

강민허 대 도백필의 대박 매치가 성사된 것만으로도 게임 팬들은 열광했다.

오늘, 4강 두 번째 경기의 승자가 된 도백필.

그는 승자 인터뷰를 하기 위해 부스에서 나왔다.

코치, 감독과 가벼운 포옹을 주고받았다. 이들의 얼굴은 잔뜩 상기되어 있지 않았다. 당연한 결과라는 듯이 받아들이는 반응을 취했다.

이후 도백필은 상대 선수가 경기를 펼친 부스로 다가갔다.

먼저 악수를 청하는 도백필.

완전히 초췌한 몰골이 된 최명철은 힘없이 그의 손을 마주 잡아줬다.

팬들이 보고 있는데, 악수를 거절하는 모습을 보여줄 수는 없었다.

안 그래도 도백필은 다수의 팬을 거느리고 있는 프로게이머다.

만약 감정적인 행동을 보여주기라도 한다면, 최명철의 안티 팬들이 다수 늘어날 것이다.

경기에는 졌어도, 마무리는 프로답게 깔끔하게 지어야 한다.

최명철은 그 부분에 있어서 선수 중에서도 선수였다.

승자 인터뷰를 하기 위해 특별 스테이지로 걸음을 옮기는 도백필은 먼저 이화영 아나운서와 인사를 주고받았다.

이후, 인터뷰가 시작되었다.

"오늘 경기에서 이기신 소감 한 말씀 해주세요."

"우선 좋은 경기 펼쳐주신 최명철 선수에게 수고했다는 말을 드리고 싶네요. 그리고 저를 응원하기 위해 먼 곳에서 찾아온 팬 여러분들에게도 고맙다는 말을 전해 드립니다."

팬들을 언급하자, 그를 응원하는 팬들은 함성을 자아냈다.

"이제 결승만 남았잖아요. 상대 선수가 강민허 선수로 정해졌는데 결승전에서의 양상, 어떻게 보시나요?"

"비등비등한 경기가 될 거 같습니다. 강민허 선수의 경기를 볼 때마다 느끼는 거지만, '아, 내가 과연 이길 수 있을까?' 하는 생각이 들게 만들더군요."

도백필의 목소리를 들은 순간, 강민허는 깨달았다.

빈말이다.

도백필은 전혀 그렇게 생각하지 않을 것이다. 그저 상대 선수를 띄워주기 위한 멘트에 불과했다.

"결승전에서 이길 자신, 있으신가요?"

"물론이죠."

도백필은 승리를 장담했다.

앞서 강민허와 대결을 펼치면 본인도 승리를 확신하기 힘들다고 말을 했지만, 그래도 자신감을 드러낼 파트에선 확실하게 자신감을 내비친다.

그것이 도백필의 방식이다.

강민허도 도백필과 같다.

본인이 이길 거 같냐는 질문을 받으면, 강민허는 항상 이렇게 대답한다.

그렇다고.

강민허와 도백필. 두 남자는 닮은 점이 정말 많다.

그래서일까.

두 남자가 맞붙을 결승전 경기는 벌써부터 초미의 관심을 끌기 시작했다.

제26장
격돌

결승전 대진이 확정되자마자 관련 커뮤니티들은 뜨겁게 불타올랐다.

강민허 VS 도백필!

최강의 라인업이 완성되었다.

재능 넘치는 게이머들끼리의 대결에서 승자가 누가 될지. 모두의 귀추가 주목되었다.

그러나 과반수는 도백필이 이기지 않을까 하고 예상하고 있었다.

강민허가 무적의 포스를 보여주긴 했지만, 도백필처럼 '이 사람을 어떻게 이겨?!'라는 느낌이 들 정도로 압도적인 모습을 보여준 건 아니었다.

강민허는 독특한 작전과 변수를 둔 필살기성 올인 전략으로 결승까지 올라오는 데 성공했다.

반면, 도백필은 우직하게 자신의 스타일을 밀면서 결승 무대까지 올라왔다.

전문가들의 의견도 동일했다.

8 대 2. 혹은 7 대 3 정도로 도백필의 우세를 점쳤다.

그러나 강민허는 섭섭해하는 기색을 보이지 않았다.

당연한 거였다.

도백필이 지금까지 일궈낸 성과는 그야말로 넘사벽이다. 함부로 도전할 만한 업적이 아니다.

강민허는 이제 막 개인 리그에 처음 발을 딛게 된 신인 중에서도 신인이다. 이런 신인이 챔피언에게 도전한다는데, 챔피언의 승리를 점치는 사람이 많은 건 당연한 게 아닌가.

하나 이건 어디까지나 승자 예측일 뿐. 강민허는 지금까지 승자 예측 통계를 전부 다 깨부숴 왔다.

이번에도 마찬가지이리라. 자신감을 가지고 있었다.

그 전에 도백필의 플레이 성향을 어떻게 공략해야 좋을지. 이것부터 고심해 봐야 할 필요가 있었다.

눈을 감고 의자에 머리를 기댄 채 생각에 잠기는 강민허.

도백필과 최명철의 경기를 보고 온 날부터 강민허는 이렇게 자주 사색에 잠기는 모습을 보여주고 있었다.

오진석 코치는 강민허의 이런 모습에 불안감을 느꼈다.

"민허야. 머리 아프면 조금 쉬었다가 하는 것도 좋아."

"아니요. 아파서 그런 게 아니라 생각 좀 하는 거였어요."

"생각?"

"도백필 선수를 어떻게 쓰러뜨릴지에 관해서요."

약점이 보이지 않는 무결점의 프로게이머.

강민허는 이런 선수는 처음이었다.

트라이얼 파이트 7에서도 도백필 같은 선수는 찾아볼 수 없었다. 사람인 이상, 분명 약점은 존재하는 법. 그러나 도백필은 약점이라고 부를 만한 요소가 전혀 보이지 않았다.

그래서일까. 일종의 답답함이 느껴졌다.

코치진들도 머리를 맞대어 도백필을 쓰러뜨릴 수 있는 전략을 구상해 봤지만, 도통 떠오르지 않았다.

하기야. 그런 작전을 쉽게 내놓을 정도면, ESA는 지금쯤 개인 리그 우승자 출신을 적어도 3명 이상은 보유하고 있어야 했다.

이게 안 되니까 ESA는 꼴찌 신세를 면치 못하고 있었다.

강민허 덕분에 지금은 꼴찌 탈출의 기미를 보이고 있다. 반대로 말하면, 강민허가 없었더라면 ESA는 계속 밑바닥에서 제

자리 걸음을 찍고 있었을지도 모른다.

강민허는 의자에서 일어나 성진성을 찾았다.

“진성이 형. 연습하자.”

“연습? 나야 상관없긴 한데. 괜찮은 작전이라도 떠올랐어?”

“4강 경기 때와 동일하게 가려고.”

“어떻게?”

“그때 그때마다 유동적으로 경기하기.”

“‘작전 없음’이라는 말을 보기 좋게 둘러댄 거구나.”

말은 이렇게 해도 성진성은 강민허에 대한 믿음이 있었다.

강민허라면 어떻게든 해줄 것이다. 이런 믿음이 성진성뿐만 아니라 코치진에게도 깃들어 있었다.

그러나 강민허는 재차 이렇게 말했다.

“이번 경기는 정말로 힘들 거 같아요. 어쩌면 질 수도 있어요.”

진심에서 우러나오는 강민허의 발언.

성진성은 강민허가 이런 말을 했다는 것에 놀라움을 드러냈다.

그 정도로 도백필은 강한 상대다.

* * *

연습에 연습을 거듭했다.

개인 방송 시간조차 줄여가면서 연습에 매진하는 강민허.

결승 경기는 이틀 뒤에 펼쳐질 예정이었다.

강민허와 도백필의 매치가 성사되자마자 결승 티켓은 오픈된 지 1분도 채 안 돼서 매진되었다.

가격이 높았음에도 불구하고 열리자마자 전부 동이 난 결승 티켓. 덕분에 커뮤니티에선 좌석 좀 더 풀어달라는 요청이 쇄도했다.

그렇다고 장소를 더 큰 곳으로 옮길 수도 없었다. 이미 전부 다 섭외를 해버렸으니 말이다.

덕분에 주최 측은 이런 대진이 성사될 줄 미리 알았더라면, 보다 더 큰 무대를 구할 걸이라는 후회를 연달아 했다.

역대급 개인 리그 결승전! 벌써부터 게임 팬들은 불타오르기 시작했다.

강민허는 아침에 눈을 뜨자마자 연습하고, 밥을 먹고, 연습하고, 밥을 먹고, 개인 방송 조금 한 다음에 연습하고… 이 패턴을 반복했다.

거의 폐인이라 불릴 정도로 게임에 매진하는 모습을 보였다.

연습을 도와준 성진성은 이 과정에서 강민허의 또 다른 면모를 알게 되었다.

강민허는 재능 넘치는 게이머다. 그러나 재능만 믿고 있는 것이 아니라, 남들보다 배는 더 노력하며 자신을 조금 더 끌어 올리고자 한다.

노력만 가지고는 최고가 될 수 없다. 남은 1퍼센트를 채우기 위해서 강민허는 강도 높은 연습을 거듭했다.

컨디션 관리에도 힘을 썼다. 연습을 잘해놓고, 막상 결승전 가서 최악의 컨디션으로 경기에 임하면 준비했던 것의 4분의 1도 못 보여주고 패배를 당할 수 있었다. 연습만큼 컨디션 관리도 매우 중요하다는 것을 잘 알기에 강민허는 그것에도 많은 신경을 썼다.

시간이 흘러 드디어 결승 당일!

빅매치를 직접 관람하기 위해 게임 팬들은 이른 아침부터 줄을 섰다.

강민허와 도백필은 일찌감치 경기장에 도착해 모든 세팅을 맞췄다.

결승전 무대를 축하해 주기 위해 유명 걸 그룹을 비롯해 각종 공연들이 선행으로 이어질 예정이었다.

대망의 하이라이트는 역시 결승 경기!

그 전까지 강민허는 대기실에서 충분한 휴식을 취하기로 했다.

하나 도중에 손님이 방문했다.

"여기 있었군요, 강민허 씨."

"도백필 씨 아닙니까."

결승 경기를 치룰 예정인 두 선수가 얼굴을 마주하게 되었다.

강민허는 설마 도백필이 먼저 그의 대기실에 찾아올 줄은 생각 못했다.

물론 인사는 서로 미리 나눌 용의가 있었다. 그러나 그건 강민허가 도백필의 대기실에 찾아갔을 때 하는 행동이 될 거라고 예상했었다.

하나 도백필이 강민허보다 한발 먼저 앞서서 그를 찾아왔다.

서로 악수를 주고받았다. 양측 팀의 코치진들 역시 사담을 따로 이어나갔다.

도백필은 강민허에게 떠보기 식으로 질문을 해왔다.

"준비는 많이 하셨나요?"

"아니요. 딱히 없습니다. 필살기성 전략도 없고요."

"그런가요? 강민허 선수의 트레이드 마크인데. 필살기를 들고 오지 않았다니요. 왠지 믿을 수가 없네요."

초반부터 심리전이다.

과연 정말로 강민허가 도백필을 상대로 필살기성 올인 전략을 준비해 왔을까, 아니면 강민허의 말마따나 정말로 순수하게 컨트롤 싸움을 염두하고 이곳까지 온 걸까. 생각하기 나름이다.

강민허의 말이 진실인지 거짓인지는 경기에 들어가면 판가름이 날 것이다.

이번에는 강민허의 차례였다.

"도백필 선수는 어떤가요?"

"저도 준비는 잘 못 했습니다. 강민허 선수는 본인도 잘 알고 있다시피 어떤 전략을 들고 나올지 모르는 선수라서 준비를 어떻게 해야 좋을지 감이 영 안 잡히더라고요. 그래서 저도 평소 하던 대로 하기로 했습니다."

"그렇군요."

이건 거짓말이 아닐 것이다.

도백필이 하는 말을 들은 사람들은 대다수 이렇게 생각했다.

하나 강민허는 도백필의 말을 온전히 다 믿지 않았다.

도백필은 가면을 쓴 남자다. 그 가면 뒤에 어떤 표정을 지을지. 아무도 모르는 일이다.

물론 그건 강민허도 마찬가지다.

"아무튼 서로 좋은 경기해 봅시다."

"예, 잘 부탁드리겠습니다."

보기 좋고 듣기 좋은 인사가 오고 갔다.

그러나 말속에는 '내가 이긴다!'라는 결의가 담겨 있었다.

*　　　*　　　*

대기실에서 잠시 휴식을 취하는 동안, 강민허는 무대 위를 비추고 있는 모니터를 응시했다.

축하 공연을 온 걸 그룹의 퍼포먼스를 지켜보던 강민허는 혀를 내두르며 말했다.

"이번 결승전에 돈 많이 썼나 보네요. 저 팀, 몸값 꽤 높지 않나요."

허태균 감독이 강민허의 말을 받아줬다.

"대형 스폰서가 차기 리그에 스폰을 해주고 싶어 한다는 소문이 들리더라. 그래서 TGP가 이번 리그에 사활을 걸고 있어. 포장을 잘해서 차기 스폰서가 되어줄지도 모르는 사람들에 잘 보이려는 심산이겠지."

"하긴. 로인 이스 온라인은 세계적으로 굉장히 유명한 게임이니까요."

트라이얼 파이트 7에서는 이런 것도 없었다.

애초에 격투 게임이 대중들에게 많은 관심을 받는 장르는 아니다. 어찌 보면 마이너하다고 볼 수 있었다.

그곳에서 세계 챔피언이 되자마자 은퇴를 선언하고 로인 이스 온라인으로 넘어오게 된 강민허.

1년이 채 지나지도 않은 상황에서 그는 개인 리그 결승이라는 영광스러운 무대를 밟게 되었다.

무시무시한 재능이다.

곁에서 보아온 허태균조차 자신이 거느리고 있는 선수임에도 불구하고 강민허의 성장 속도가 무섭다는 생각이 절로 들 정도였다.

그의 성장 속도가 과연 어디까지 닿을 수 있을지.

지켜볼 필요가 있었다.

"민허야."

"예, 감독님."

"원래는 경기 끝나고 이야기해 주려고 했었는데."

허태균 감독은 강민허에게 이야기하지 않았던 사실을 하나 들려줬다.

"결승전에서 이기면, 스폰서 측에서 너한테 별도의 보너스를 줄 거라고 하더라."

"얼만데요?"

"2천 정도."

"소소하네요."

2천만 원에 소소하다는 말이 나올 정도였다. 이미 강민허는 개인 방송을 통해서 많은 소득을 벌어들였다. 2천만 원도 큰

돈인 건 사실이지만, 강민허가 벌어들이는 수익에 비하면 엄청나게 큰돈은 아니었다.

그래도 스폰서가 따로 강민허에게 챙겨주는 금액이 있다는 것이 중요하다.

그만큼 ESA는 강민허를 특별한 선수 취급을 해주고 있다는 뜻이었기 때문이다.

"다른 선수들한테는 말하지 말고. 설령 말해도 금액 낮춰서 말해. 한 5백 정도?"

"알았어요."

"네 승리 의욕에 좀 더 불이 붙는 계기가 되었으면 좋겠구나."

"돈도 돈이지만, 상대가 도백필 선수라는 것만으로도 충분한 동기부여가 돼요."

강민허는 아직도 잊지 않았다.

도백필이 했던 말을.

전 세계적으로 인기 있는 게임, 로인 이스 온라인에서 최강의 자리에 거듭난 프로게이머가 진정으로 최고라 불릴 만한 자격이 있는 선수다.

강민허는 이미 세계 챔피언의 자리에 올라선 경험이 있다. 그러나 도백필이라는 존재를 접하게 된 순간. 강민허의 승부욕에 다시금 불이 붙었다.

특별 공연이 끝나고.

스태프가 대기실로 찾아와 말했다.

"슬슬 준비해 주세요."

"시간 됐다, 민허야."

허태균 감독은 강민허의 어깨에 손을 올렸다.

고개를 크게 끄덕인 강민허.

그가 천천히 자리에서 일어섰다.

크게 심호흡을 했다.

강민허가 그토록 바라던 무대가 드디어 갖춰졌다.

전 세계 사람들이 강민허와 도백필을 지켜보고 있다.

이미 각종 검색 순위에 강민허, 도백필의 이름이 나란히 1, 2위를 차지하고 있었다.

이 무대에서 강민허는 도백필을 쓰러뜨릴 것이다.

그리고.

'최강이라는 단어가 어울리는 사람이 누구인지 똑똑히 가르쳐 주겠어. 도백필.'

강민허가 도백필을 제치고 위로 올라설 것이다.

부스 안에 자리를 잡은 강민허.

몸을 가볍게 풀면서 스트레칭에 임했다.

상대는 그 유명한 도백필이다.

한순간도 방심할 수는 없었다.

"슬슬 접속해 볼까."

심판이 따로 판 대기방으로 입장했다.

이미 그곳에는 도백필이 먼저 와 강민허를 기다리고 있었다.

민영전 캐스터와 중계진들이 승자 예측을 비롯해 여러 가지 분석 자료들을 대회 현장을 찾아온 관객들에게 소개해 주고 있었다.

승자 예측은 볼 것도 없었다.

91 대 9. 도백필의 압승이다.

그러나 강민허는 신경쓰지 않기로 했다.

애초에 강민허는 승자 예측에 크게 연연했던 모습을 보이지 않았다.

만약 이런 거 하나하나에 신경을 썼던 선수였더라면, 강민허는 이미 예전에 무너졌을지도 모른다.

강민허는 그런 걸 전혀 신경 안 썼다.

중요한 건 승자 예측이 아니라 강민허가 경기에서 얼마나 좋은 모습을 보여주느냐. 그것이었다.

게다가 구체적인 통계자료도 아니다.

노스트라다무스급 예언도 아니고 말이다. 그저 예측에 불과하다.

강민허는 도백필을 상대로 승리를 따낼 자신이 있었다.

실제로 그는 필살기성 전략을 따로 준비해 오진 않았다.

4강 경기 때처럼 그때마다 피지컬로 대응하기로 마음먹었다.

민영전 캐스터가 관중들에게 외쳤다.

"그럼 지금부터 대망의 결승전을 시작해 보도록 하겠습니다!!!"

특설 경기장이 크게 울리기 시작했다.

TGP 스타디움에서 경기를 펼칠 때마다 부스가 미세하게 진동을 하긴 했었다. 그러나 이렇게 넓은 결승 무대에서조차도 부스가 흔들릴 정도로 어마어마한 함성이 나올 줄은 강민허조차 예상 못 했다.

그러나 놀라는 티는 내지 않았다.

왜냐하면 도백필은 이런 현상을 당연하다는 듯이 받아들이고 있었으니까.

지기 싫어하는 강민허가 도백필의 저런 모습을 보고 함성 소리에 놀라는 모습을 드러내진 않을 것이다.

강민허도 승부사다.

도백필은 이런 결승 무대에 워낙 자주 서봐서 저런 반응을 하는 것이다. 그러나 강민허는 이번이 처음이었기에 놀랐을 뿐.

금세 다시 평정심을 되찾았다.

결승 경기를 펼치는데 과도한 긴장은 경기를 악화시키기만 할 뿐이다.

강민허는 누구보다도 그걸 잘 알기에 억지로라도 평정심을 되찾으려 노력했다.

경기에 들어가자마자 강민허는 라울을 천천히 전진시키며 도백필의 캐릭터가 보여주는 움직임을 우선적으로 파악해 보기로 했다.

캐릭터가 어떻게 움직이느냐에 따라 상대방이 들고 나온 전략이 뭔지를 알아차릴 수 있다.

괜히 큰 동작을 보이면 안 된다. 본인의 의도만 드러나기 때문이다.

그래서 강민허는 움직임을 최소화시켰다.

그리고 괜히 오버하는 동작을 선보일 필요도 없었다. 왜냐하면 저쪽도 가만히 있었기 때문이었다.

도백필은 한 손 검사답게 방패를 추켜올리고 천천히 강민허에게 접근했다.

공격력은 강민허가 높을지언정 방어력은 도백필이 강민허보다 훨씬 높다.

까짓것 몇 대 맞는다고 안 죽는다.

그런 자신감이 있었기에 도백필은 강민허를 향해 접근, 또 접근했다.

하태영 해설 위원이 상황을 냉철하게 분석했다.

"아무래도 1경기는 긴 탐색전이 될 거 같네요. 상대방이 어떤 전략을 들고 왔는지. 그리고 어떤 콘셉트로 결승전에 임할 것인지. 이것을 먼저 파악하는 게 경기에서 중요하다고 두 선수 다 생각을 한 모양인가 보군요."

"실제로 중요하지 않습니까?"

"매우 중요하죠."

민영전 캐스터의 질문에 하태영 해설 위원은 고개를 크게 끄덕이면서 그의 말이 맞다고 손을 들어줬다.

그러나 의외인 점도 있었다.

그 점을 서이우 해설 위원이 지목했다.

"저는 솔직히 두 선수들이 이렇게 긴 탐색전을 주고받을 필요가 있을까 하고 의문이 드네요."

"그게 무슨 말씀이신가요?"

"서로의 스타일을 너무 잘 알고 있습니다. 도백필 선수는 정석적인 플레이를 펼치는 선수이기로 매우 유명하고요. 강민허 선수는 변칙 플레이를 많이 하는 선수입니다. 정석 대 변수 플레이의 선수가 맞붙게 된다면, 오히려 정석 플레이를 고집하는 선수가 더 적극적으로 상대방의 전략을 미리 파악하려는 움직임을 보이는 게 정상이 아닐까 하고 생각을 합니다만… 그런데 도백필 선수는 그런 게 안 보이네요. 아니면 강민허 선수가 필살기성 전략을 꺼내 들 수밖에 없는 상황을 만들던가요. 다른 선수들은 그게 조절이 잘 안 될 테지만, 도백필 선수 정도 되는 기량을 가진 선수라면, 충분히 가능할 텐데. 이게 이해가 잘 안 됩니다."

"듣고 보니 그렇군요."

민영전 캐스터는 서이우 해설 위원의 말이 맞을지도 모른다는 생각을 하기 시작했다.

하태영 해설 위원이 추가 설명을 보탰다.

"만약 도백필 선수가 강민허 선수의 변칙 플레이를 미리 파악하고자 한다면, 먼저 움직임을 펼쳐야겠죠. 그런데 그런 움직임이 전혀 없으니, 탐색전이 시간이 길어지는 겁니다. 서이우 해설 위원은 그 부분에 의아하신 거 같군요."

그의 말이 맞는 모양인지 서이우 해설 위원은 고개를 연신 끄덕였다.

실제로 도백필은 강민허에게 아직까지도 그 어떠한 압박을 주지 않은 채 있었다.

강민허는 이게 의아했다.

'뭐지? 내가 전략을 준비해 왔을지도 모른다는 압박감을 분명 느낄 텐데. 그런 건 아랑곳하지 않겠다는 뜻인가? 아니면……'

강민혀는 이런 생각도 들었다.

'내가 어떤 전략을 꺼내도 맞받아칠 수 있다는 자신감을 노골적으로 보여주는 건가.'

후자일 가능성이 더 높아 보였다.

도백필에게 자신감을 빼면 시체다. 물론 그건 강민혀도 마찬가지다.

'시간이 지날수록 점점 마음에 드는 사람이네.'

강민혀는 이런 걸 원했다.

자신감이 철철 넘치는 사람.

그리고.

자신과 같은 성향을 지닌 사람.

'좋아. 내가 스타트를 끊어주지!'

어차피 강민혀가 들고 온 전략은 아무것도 없다. 이렇게 된 이상, 강민혀는 이런 작전을 사용하기로 했다.

이름하야 허장성세(虛張聲勢) 작전이다.

필살기성 전략을 짜 오지 않았지만, 마치 짜 온 것처럼 연기를 하기로 했다.

강민혀는 가드를 내렸다. 그 순간, 도백필의 눈이 날카로워졌다.

"이제 오기로 했나."

도백필은 정신을 집중했다.

언제, 어디서 강민허의 공격이 날아들지 모른다.

방패는 계속 들고 있기로 했다. 여차하면 패링도 사용할 용의도 있다.

강민허가 카운터 어택 성공률 100퍼센트를 자랑하는 만큼, 도백필 역시 패링 성공률 100퍼센트를 자랑한다.

두 사람 다 만만치 않은 실력자임에는 틀림이 없었다.

강민허가 빠르게 앞으로 쇄도했다.

속공 속성이 붙은 스킬로 도백필을 여러 차례 공격했다.

그러나 강민허의 공격은 도백필의 방패에 허무하게 막혀 버렸다.

대형 방패라서 그런지 방어력도 높고, 커버칠 수 있는 범위도 굉장히 넓었다.

쉽사리 유효타를 작렬시키기 어려워 보였다.

그러나 그 어려운 일을 해내는 것이 바로 강민허가 해야 할 일 아니겠나.

계속 두드리기로 했다. 도백필이 반격을 가하기 전까지 두드리고, 계속 두드렸다.

하나 도백필은 좀처럼 공격을 가하지 못했다.

아니, 공격을 감행하지 않았다.

일부러 공격을 안 하는 거였다.

공격할 수 있는 빈틈은 충분히 여러 차례 노출되었다. 심지어 강민허가 의도적으로 빈틈을 보이는 연출까지 했었다.

그럼에도 도백필은 꿈적도 하지 않았다.

마치 무겁고 단단한 바위를 보는 듯했다.

실제로 플레이도 바위처럼 하고 있었다.

너는 계속 두드려라. 나는 가만히 있을 것이다.

이런 마인드였다.

그러나 방패가 만능은 아니다.

계속되는 공격을 방패 하나로 계속 막아낼 수는 없었다.

점점 하락하는 스태미나.

스태미나가 0이 되어버리면, 상대방의 공격을 막아낼 수 없게 된다.

스태미나 하락 수치가 굉장히 빠르다. 강민허는 일부러 도백필의 스태미나를 빠르게 감속시키기 위해서 빠른 공격 스킬만 난사했다.

강민허의 계산은 정확히 맞아떨어졌다.

스태미나 수치가 2가 남았을 때.

강민허는 마지막 공격을 펼쳤다.

"이거나 드시지!"

스태미나가 0로 떨어지면, 캐릭터는 일시적으로 탈진 상태에 빠져든다.

탈진이 되어버리면 방어도, 공격도, 마법도 사용할 수 없는 무기력한 상태로 접어들게 된다.

그때 강민허는 모든 공격을 퍼부을 생각이었다.

그러나 도백필은 바보가 아니었다.

도백필의 스태미나를 0으로 만들기 위한 마지막 일격을 날릴 때.

도백필은 방패를 비스듬하게 들었다.

패링이다!

터엉!

라울의 오른 주먹이 튕겨 나갔다. 동시에 라울은 무게중심을 잃었다.

일시적인 스턴 상태에 돌입했다. 도백필이 이 기회를 놓칠 리 없었다.

바로 강력한 일격을 날렸다.

푸욱!

라울의 HP가 순식간에 70퍼센트 이하로 떨어졌다.

민영전 캐스터가 놀라 소리쳤다.

"패링! 패링이 나왔습니다!"

"공식전에서 정말 보기 힘든 기술이 나왔네요. 하긴, 보기 힘든 기술이라고 하면 부동의 넘버 원을 달리고 있는 카운터 어택이 있는데, 그 카운터 어택을 강민허 선수는 정작 패시브처럼 활용하니. 고작 패링 한 번 성공했다는 걸로 놀랄 필요는 없을 거 같군요."

하태영 해설 위원의 말은 매우 정확했다.

이들 중계진은 그간 강민허가 카운터 어택을 모조리 다 성공시키는 모습을 실시간으로 봐 왔었다.

그런데 패링 한 번 성공했다고 놀라다니. 그것은 말이 안 된다.

한편, 적지 않은 HP 손실을 입게 된 강민허.

그럼에도 불구하고 강민허는 '오호라…'라는 탄식을 내뱉었다.

불리한 현 상황에서 오는 아쉬움의 탄식이 아니었다.

뭔가를 깨달았을 때 나오는 그런 부류의 탄식이었다.

"가만 이거… 잘만 이용하면 괜찮은 전략이 나오겠는데?"

갑자기 좋은 전략이 떠올랐다.

그러나 한 가지 단점이 있었다.

"타이밍을 익혀야 해. 이럴 줄 알았으면 진성이 형이 연습상대 되어줬을 때 많이 연습을 해둘걸. 젠장."

이제 와서 못다 한 연습이 떠올랐다.

그러나 후회해도 소용없다.

이미 무대의 막은 올랐다.

무대 위에 섰는데, 연극하는 배우가 연습이 덜 됐다고 다시 무대 뒤편으로 돌아갈 수는 없는 노릇 아니겠나.

기왕 무대에 섰으니, 끝까지 책임을 지고 연기를 해야 한다.

강민허는 그 배우와 같은 심정으로 연기를 펼치기로 했다.

테스트라는 이름의 연기를!

다시 한번 방패를 두드리기 시작하는 강민허.

도백필은 속으로 혀를 찼다.

'학습 능력이 없는 건지. 아니면 진짜로 뭔가를 준비해 왔는지. 도통 알 수가 없군.'

여태껏 봐온 결과.

도백필은 오늘의 강민허에 대해 이렇게 판단을 내렸다.

진짜 준비해 온 전략이 없다.

그래서 도백필은 좀 더 적극적으로 나가기로 했다.

강민허의 라울이 주먹 공격을 펼칠 때. 다시 한번 패링이 작렬했다.

이번에는 크리티컬로 터졌다!

순식간에 HP가 제로로 내려가는 강민허.

GG 선언과 함께 민영전 캐스터가 목소리에 힘을 실었다.

"1세트, 도백필 선수가 가져갑니다! 강민허 선수, 너무 허무하게 1세트를 내준 거 아닙니까?!"

"이상하군요. 강민허 선수가 도백필 선수의 패링을 계속 당해주다니."

중계진들은 강민허의 의도가 무엇인지. 도통 파악을 할 수가 없었다.

강민허와 도백필의 첫 공식 대결!

첫 번째 승리는 도백필의 것이었다.

확실히 도백필은 강하다. 강민허를 만났음에도 불구하고 당황해하는 기색 하나 보이지 않은 채 침착하게 경기를 이끌어 간다 싶더니, 기어코 승점을 따내는 데에 성공했다.

1세트를 내주자, 오진석 코치는 입안이 바짝 타들어가기 시작했다.

"일 났네, 일났어……. 어쩌죠, 감독님?!"

"어쩌긴. 우리가 할 일은 하나밖에 없잖아."

허태균 감독은 자리에서 벌떡 일어섰다.

1세트가 끝난 후였기에 잠시 선수들에게 쉬는 시간이 주어졌다.

허태균 감독과 오진석 코치, 그리고 나선형 코치까지. 모든 코치진이 총출동해서 강민허의 멘탈을 케어해 주기 위해 부스로 향했다.

이런 적은 거의 없었다.

그만큼 강민허의 지금 멘탈 상태가 너무 걱정스러웠다.

강민허는 패배를 거의 경험해 본 적이 없다.

게다가 다전제 경기에서 반드시 이겨야 할 상대방에게 겪은 1패는 굉장히 뼈아프게 다가올 것이다.

허태균 감독은 강민허에게 무슨 말을 해줘야 좋을지 머릿속으로 다 생각을 해뒀다.

선수들의 멘탈 캐어는 코치진의 중요한 업무 중 하나다.

부스 문을 열고 안으로 들어갔다.

"민허야. 방금 그 경기……."

"역시 도백필 선수네요. 얕본 건 아니었지만, 제가 생각했던 것 이상의 실력을 지니고 있어요. 하지만."

말을 잠시 끊은 강민허는 이렇게 대답했다.

"못 이길 상대는 아니에요."

"……."

"다음 두 번째 세트는 제가 이깁니다."

멘탈이 망가지기는커녕, 오히려 더 강화된 듯한 면모를 보이는 강민허였다.

나선형 코치는 강민허라면 이런 반응을 내비칠 줄 알았다면서 그의 머리를 거칠게 쓰다듬었다.

"그래. 그런 마인드로 쭉 달려보자. 까짓것 다섯 판 중에서 한 번 진 거잖아? 남은 세 경기 연달아 이기면 되는 거야. 그렇지?"

"물론이죠. 애초에 결승전에서 3 대 0으로 발라 버리면, 멀리까지 온 게임 팬분들에게 오히려 맥이 빠지게 만들어 버리는 일이 되니까요. 아슬아슬한 줄타기가 원래 보는 맛이 더 있는 거예요."

관중들에게는 좋을지 모른다. 그러나 코치진들의 정신 건강에는 별로 좋지 않았다.

코치진들의 입장에선 3 대 0이든 뭐든 좋으니까 그냥 속 시원하게 우승을 확정 지어줬으면 하는 바람이 있었다.

하나 상대는 도백필이다. 이기고 싶다고 함부로 이길 수 있는 상대가 아니다.

설령 도전자가 강민허라 하더라도 그런 일이 쉽게 벌어지진 않는다.

실제로 강민허는 1세트를 도백필 선수에게 내줬다.

이것만으로도 도백필이 얼마나 강한 선수인지를 직감할 수 있었다.

허태균 감독은 강민허의 어깨에 손을 올렸다.

"믿는다, 민허야."

"네. 반드시 이길 테니까 오늘 회식 잡아두세요. 저, 소고기 아니면 안 먹을 겁니다."

"그래. 소고기든 뭐든 우승만 한다면 네가 좋아하는 건 죄다 사주마!"

"감사합니다, 감독님."

대화를 나누는 사이에 브레이크 타임이 끝나 버리고 말았다.

코치진들은 다시 내려와 본래의 자리로 돌아가게 되었다.

오진석 코치는 아직도 불안감이 남은 모양인지, 아니면 미련이 남은 모양인지 계속해서 강민허가 들어가 있는 부스를 여러 차례 바라봤다.

"민허, 정말로 괜찮을까?"

나선형 코치는 고개를 가로저었다.

"모르겠어. 괜찮은 척을 하는 건지, 아니면 진짜로 괜찮은 건지. 속을 알 수 없는 녀석이니까."

"하, 불안해 죽겠네."

아무리 멘탈이 강한 선수라 하더라도 결승전 1세트를 허무하게 내줘 버리면 멘탈에 금이 갈 수밖에 없을 것이다.

어쩌면 강민허도 마찬가지일지도 모른다.

애써 괜찮은 척을 하는 거라면?

정말 그렇다면 큰일이다.

도백필을 이길 수 없게 되어버릴지도 모른다.

허태균 감독은 천천히 좌석에 앉았다.

대형 모니터 화면을 바라봤다.

남은 브레이크 타임까지 앞으로 30초.

시간이 다 지나면, 두 번째 세트가 시작된다.

두 번째 세트까지 내주게 되면, 강민허의 패배가 거의 확실하게 된다.

2패 뒤 3연승. 물론 경우의 수가 없는 건 아니다. 그러나 확률이 높진 않다.

결국 다전제는 멘탈 싸움이다. 멘탈을 얼마나 쉽게 잡느냐. 그 싸움으로 갈릴 것이다.

강민허는 호흡을 내쉬었다.

평정심을 되찾을 때에는 이렇게 깊게 호흡을 한번 내쉬어보는 게 나쁘지 않다.

반면, 도백필은 가벼운 스트레칭을 하는 것으로도 충분했다.

승부의 갈림처가 될지도 모르는 두 번째 세트가 드디어 막을 올리기 시작했다.

*　　*　　*

경기장에 들어서자마자 강민허는 도백필에게 빠른 속도로 접근했다.

거리를 일부러 좁혔다는 의도가 강하게 느껴졌다.

하태영 해설 위원은 고개를 갸우뚱했다.

"설마. 또 아까와 같은 전략을 사용하려는 건 아니겠죠?"

혹시나 했다.

그러나 하태영 해설 위원의 예상은 정확히 맞아떨어졌다.

강민허는 아까와 같은 양상을 선보였다. 방패를 계속 두드렸다. 굳게 닫힌 문이 다시 열릴 때까지 두드리고 또 두드렸다.

중계진들은 목소리를 높였다.

"아!!! 이건 도대체 무슨 플레이인가요!"

"아까 강민허 선수는 분명 도백필 선수에게 패링으로 호되게 당했을 텐데 말이죠! 저건 마치 '날 또 죽여주소!'라고 말하는 것과 같은 뜻 아닙니까!"

중계진들은 강민허가 무슨 의도를 가지고 저러는지 도통 이해할 수가 없었다.

강민허니까. 무슨 생각이 있겠지라고 가볍게 넘기고 싶어도 그럴 수가 없었다.

왜냐하면 이런 식으로 플레이를 해서 허무하게 1세트를 내줘 버렸기 때문이다.

그런데 같은 방식으로 2세트에 임한다? 이건 경기를 포기한다는 것을 간접적으로 보여주는 것과 다를 바가 없었다.

하나 강민허가 고작 1세트 졌다고 경기를 포기할 인물이 아니라는 건 로인 이스 관계자, 혹은 프로들의 경기에 조금이라도 관심을 가지고 있는 사람이라면 모를 리 없는 사실이었다.

그래서 더욱 궁금했다.

도백필도 마찬가지였다.

“이해가 안 가는군.”

저렇게 계속 공격을 무자비하게 남발하다가 좋은 타이밍에 도백필이 패링을 노린다면, 강민허는 1세트 때와 마찬가지로 허무한 패배를 맛보게 될 것이다.

“한 번 졌다고 멘탈이 완전히 망가지기라도 했나.”

그럴 가능성도 적지 않았다.

강민허는 패배라는 걸 모르고 살아온 남자다. 그랬던 남자가 갑자기 허무하게 1세트를 내주게 되었으니. 멘탈이 망가지다 못해 파괴가 되었을지도 모른다.

“그렇다면 쉽게 이겨주도록 하지.”

도백필은 강민허의 약한 멘탈에 크게 실망했다.

동시에 강민허라는 인물에 대한 흥미를 잃고 말았다.

이렇게까지 약한 선수일 줄이야. 신인임에도 불구하고 언론들 앞에서 주기적으로 강민허라는 이름 세 글자를 언급하면서 라이벌로 인정하겠다고 말을 했었던 과거의 도백필이 후회되었다.

도백필은 패링 타이밍을 보기 시작했다.

강민허의 공격이 날아들었다.

아이언 펀치. 큰 동작을 지닌 스킬이다. 강력한 대미지를 가할 수 있는 공격이지만, 차징이 필요한 스킬이었기 때문에 빠른 공격을 선호하는 선수들은 거의 사용하지 않는 스킬이기도 했다.

도백필은 곧장 패링 준비에 임했다.

아이언 펀치가 날아드는 순간.

도백필은 패링 스킬을 시전했다.

한 손 검사가 방패로 상대방의 공격을 밀쳐내는 모션을 취했다.

그러나 문제는 여기서부터 발생했다.

강민허는 아이언 펀치를 캔슬해 버렸다.

아이언 펀치는 차징이 필요한 스킬이지만, 동시에 시전 도중에 캔슬이 가능한 스킬이기도 했다.

"캔슬이라고?!"

도백필은 결승전 경기를 가지기 시작한 이후 처음으로 당황했다.

왜 캔슬을 한 걸까.

그 이유는 머지않아 밝혀졌다.

방패로 쳐내는 모션을 보자마자 강민허는 카운터 어택을 날렸다.

반격기 기술을 반격기로 쳐내는 강민허의 진기명기가 펼쳐졌다!

"강민허 선수!!! 설마 이걸 노린 거였습니까!!!"

"그래서 1세트에서 방패를 계속 두드리면서 도백필 선수에게 패링을 유도시킨 거였군요. 타이밍을 알아내기 위해서. 그리고 패링을 확실하게 유도하기 위해서. 대단합니다, 강민허 선수!"

서이우 해설 위원은 느낀 바 그대로 숨김없이 말로 풀어냈다.

실로 대단했다.

반격기를 반격기로 쳐낼 생각을 하다니. 그 어떤 선수들도 이런 발상을 내진 못했었다.

한편. 카운터 어택 성공 판정이 들어가자마자 엄청난 대미지가 도백필의 캐릭터에게 가해졌다.

쭉 떨어지는 HP. 순식간에 50퍼센트 선을 넘어버렸다.

HP상황은 압도적으로 강민허가 유리했다.

도백필은 쓴웃음을 지었다.

"기가 막히고 코가 막힐 전략이군. 미리 짜 온 건가? 아니면 즉석으로? 어느 쪽이든 간에 대단해."

도백필은 방금 전, 강민허를 무시했던 생각을 한 자신을 반성했다.

강민허는 여전히 죽지 않았다.

오히려 더 독하게 도백필의 공격을 맞받아칠 준비를 하고 있었다.

도백필은 그것을 눈치채지 못했다. 그래서 강민허에게 역공을 허용할 수밖에 없었다.

다시 방패를 굳건하게 세운 도백필. 그러나 가드 상태를 계속 유지할 수는 없었다.

HP 상황은 강민허가 압도적으로 유리해졌다. 남은 시간은 2분이 채 남지 않았다. 여기서 시간을 계속 낭비하게 되면, 도백필은 타임 아웃으로 강민허에게 패배할 것이 자명하다.

가드를 굳히면 움직임이 느려진다. 반면, 강민허는 움직임이 빠른 격투가 클래스다. 강민허의 움직임을 따라잡으려면 적어도 방패를 세우는 자세는 취하면 안 된다.

가드를 풀고 강민허에게 다가갔지만, 강민허는 계속 거리를 벌렸다.

기공탄을 쏘면서 도백필이 다가오지 못하도록 원거리로 계속 견제를 선보였다.

컨트롤이 나쁘지 않았다. 도백필도 나름 컨트롤에 자신이 있다고 생각했지만, 강민허도 결코 그에 비해 뒤처지지 않았다.

컨트롤 싸움은 서로 비등비등하다. 강민허의 꼬리가 도백필에게 잡히느냐, 마느냐. 이 싸움으로 판가름이 날 것 같았다.

결과는 강민허의 승리였다.

"타임 아웃!! 두 번째 세트, 강민허 선수가 가져갑니다!"

결국 HP 판정으로 들어서게 되었다. 볼 필요도 없었다. HP 바만 봐도 강민허가 도백필에 비해 월등하게 유리하다는 걸 알 수 있었다.

1패 이후 귀중한 1승을 따내는 데 성공한 강민허.

의자에 몸을 묻은 강민허는 짧은 한숨을 내쉬었다.

"후유. 빡세네."

강민허는 정말 오래간만에 빡 집중을 해서 컨트롤을 했다. 트라이얼 파이트 7에서조차도 이런 초집중 모드를 발휘한 적은 없었다.

그래서일까 머리가 다 어질어질했다.

도백필도 마찬가지인지 의자에서 일어나 스트레칭을 하기 시작했다.

화장실에 가기라도 할 생각인지 문을 열었다.

그 순간.

강민허와 도백필의 시선이 마주쳤다.

"……."

"……."

두 사람은 아무런 말도 하지 않았다. 설령 하고자 하는 말이 있다 하더라도 이렇게까지 떨어져 있는데 들릴 리가 없다.

그저 서로 마주볼 뿐.

그것만으로도 강민허는 도백필이 무슨 생각을 하는지 알 수 있을 것 같았다.

"다음 경기, 단단히 각오하고 있으라는 뜻인가."

도백필에게 정말 오랜만에 패배라는 굴욕을 안기는 데에 성공한 강민허.

이제 서로 한 번씩 주고받았다. 승부는 다시 원점으로 돌아오게 되었다.

1 대 1!

균등한 스코어가 맞춰지자 중계진들은 흥이 나기 시작했다.

하태영 해설 위원은 방금 전의 경기 내용을 분석하느라 여념이 없었다.

"솔직히 말해서 놀랐습니다. 해설 경력이 거의 10년 가까이 되어가고 있는데 반격기 기술을 반격기 기술로 쳐내는 건 난 생처음 봤습니다. 솔직히 툭 까놓고 말해봅시다. 반격기 성공 확률이 얼마나 됩니까? 공식전 경기에서도 밥 먹듯이 실패하는 게 반격기 기술입니다. 그런데 그 반격기를 반격기로 쳐낼 수 있는 확률이 몇이나 될지… 정말 머리가 아파올 지경입니다. 이걸 도대체 어떻게 중계해야 좋을지 솔직히 모르겠습니다."

"서이우 해설 위원은 어떻게 보셨나요?"

"저도 하태영 해설 위원과 같은 생각입니다. 저는 실제로 프로게이머 생활까지 하지 않았습니까? 그때도 저런 상황은 본 적이 없습니다. 의도하려 해도 절대로 안 나올 장면을 설마 결승전에서 보게 될 줄은 꿈에도 몰랐습니다. 그저 강민허 선수가 대단하다는 말밖에 안 나오네요."

중계진들이 오히려 방금 패배한 도백필보다 더 많은 충격을 받았다.

여태껏 이런 경기는 없다! 이것이 양 해설 위원들의 총평이었다.

민영전 캐스터도 마찬가지였다.

"저도 지금까지 숱한 게임들을 중계해 왔지만, 이런 경우는 처음 보는 거 같습니다. 경기 들어가기 전에 강민허 선수가 도백필 선수에게 질 거라는 예상이 얼마나 많았습니까. 승자 예측만 봐도 도백필 선수의 압승이 예상되었는데… 이제 당당하게 말할 수 있을 거 같습니다. 누가 승자고 누가 패자가 될지 확신할 수 없습니다. 어느 누가 우승을 해도 손색이 없을 정도로 자격이 충분합니다! 개인적으로 이런 경기를 중계하게 된 것에 대해 정말 영광이라고 생각합니다."

민영전 캐스터가 정말 흔치 않은 멘트를 들려줬다.

중계하게 되어 영광이다. 사실 해설 위원들보다 민영전 캐스터의 경력이 더 오래되었다.

그는 로인 이스 온라인을 비롯해 다른 게임들도 메인 캐스터로서 중계를 맡아왔었다.

게임 전문 채널, TGP와 거의 역사를 같이했다 불려도 손색이 없을 정도로 많은 경력을 지녔던 그가 '영광이다'라는 표현을 사용한 게 실로 얼마 만인지 모를 정도였다.

그 정도로 이번 결승전의 수준은 굉장히 높은 편이었다.

서로 우승자라는 타이틀을 쥐어잡기 위해 각축을 벌였다.

치열한 승부의 현장 속에서 강민허와 도백필은 다시 한번 자리를 잡았다.

전장으로 향하기까지 앞으로 10분밖에 남지 않았다.

그동안 강민허는 브레이크 타임을 이용해서 목을 축였다.

수분 보충은 컨디션 유지에 굉장히 중요한 요소를 차지한다.

충분히 목을 축인 강민허는 손목 스트레칭까지 완벽하게 끝내뒀다.

이제 남은 건 하나뿐.

"자, 또다시 한판 제대로 붙어보자고, 도백필!"

강민허는 벌써부터 전의를 불태웠다.

* * *

3번째 세트가 시작되었다.

도백필은 경기에 들어서자마자 방패를 들어 올리는 자세를 취했다.

상대가 어떤 전략을 들고 나오든, 어떻게 플레이를 하든 도백필은 거기에 말려들지 않고 정석적인 플레이로 우직하게 승리를 따낸다.

그것이 도백필의 가장 큰 장점이다.

멘탈도 강하다. 도백필은 방금 전, 역대급 명장면을 연출하면서 패배자 입장이 되었음에도 불구하고 눈썹 하나 꿈틀거리지 않았다.

도백필은 경기에 들어가기 전에 이런 생각을 한 적이 있었다.

한 경기 정도는 내줄 수 있다고.

강민허라면 도백필에게 1점을 따낼 만한 자격이 있다.

그러나 그게 끝이다.

도백필은 그다음을 강민허에게 허용하지 않을 예정이었다.

"1승이 끝이다, 강민허."

앞서 두 경기에 비해 훨씬 더 견고해진 도백필의 한 손 검사.

보는 입장으로 하여금 숨이 다 막히게 만들 지경이었다.

그러나 강민허는 천천히 360도로 돌면서 도백필의 빈틈을 공략하기 위한 움직임을 선보였다.

강민허가 도백필과의 경기를 준비하면서 가지게 된 콘셉트가 하나 있었다.

세상에 완벽한 존재는 없다. 빈틈은 분명 보인다. 그 빈틈을 집요하게 공략하면, 승리는 강민허의 것이 될 것이다.

도백필도 인간이다. 인간인 이상, 완벽할 수는 없다.

분명 허점이 있을 터.

그 허점을 찾는 것이 강민허에게 주어진 커다란 숙제다.

하나 앞에 펼쳐졌던 두 경기에서는 도백필의 허점을 파악할 수 없었다. 두 번째 세트를 따내긴 했지만, 그건 도백필의 허점이라고 보기에는 무리가 있었다.

두 번째 세트는 도백필이 생각했던 것 이상으로 강민허가 잘해서 이긴 거였다. 도백필이 처음으로 허점을 드러내서 그 부분을 공략해 이긴 거라고 강민허는 생각하지 않았다.

좀 더 커다란 기회가 올 것이다.

그 기회를 파악하는 것이 강민허의 역할이다.

뱅뱅 돌면서 기공탄으로 원거리 공격을 계속 날렸다.

어차피 1레벨 스킬이라서 대미지가 그리 크지 않다. 맞아도 상관없다. 맞아도 100퍼센트였던 HP가 99.9퍼센트로 바뀔 뿐이다.

그러나 도백필은 0.1퍼센트조차도 허용할 생각이 없는 모양인지 방패에 안티 매직 실드 버프를 걸면서 완벽하게 강민허가 쏘아 보낸 기공탄을 막아냈다.

가드 판정이 뜨면서 HP 손실을 막아낼 수 있었다.

도백필이 평소 보여주던 스타일이다.

완벽한 경기력. 퍼펙트게임 전략.

관중들은 숨이 막힐 지경이었다.

만약 강민허의 입장이 본인의 입장이었더라면, 너무 답답한 나머지 마우스와 키보드를 냅다 던졌을지도 모른다.

그러나 강민허는 침착했다.

이성을 먼저 잃으면 끝이다. 그 경기를 버리는 꼴과 다를 바가 없어지게 된다.

계속해서 원거리 공격만 날리다 보니 시간은 어느새 2분밖에 남지 않게 되어버렸다.

지루한 양상이 계속 되어가던 와중이었다.

'슬슬 움직여 볼까.'

먼저 칼을 뽑은 쪽은 강민허였다.

갑자기 라울이 빠르게 움직이기 시작했다. 덩달아 중계진들도 흥분한 목소리를 내비쳤다.

"드디어 강민허 선수가 먼저 움직입니다!"

"먼저 움직이는 쪽은 도백필 선수가 아닌 강민허 선수가 될 거라고 예상했었는데, 일단 여기까지는 제 생각이 맞았네요."

하태영 해설 위원은 강민허가 먼저 공격 의사를 드러낼 거란 사실을 미리 알아맞췄다.

민영전 캐스터가 추가로 질문했다.

"아까와 같은 전략을 사용하기 위함일까요?"

"그건 아닐 겁니다. 반격기에 반격기로 맞대응한다는 것 자체가 사실 굉장히 어려운 일입니다. 물론 그것을 성공시킨 강민허 선수가 괴물이긴 하지만… 그래도 위험 부담이 상당합니다. 만약 실패하기라도 한다면, 그 경기를 내어주는 상황까지 몰리게 될 겁니다. 그리고 무엇보다도 두 번째 세트에서 보여준 전략을 사용할 수 없는 가장 큰 이유는 '이미 한 번 보여준 전략'이라는 점입니다. 도백필 선수도 이미 알고 있을 겁니다. 아, 내가 반격기를 사용하면 아까처럼 또 역공을 당하겠구나. 이렇게 생각을 할 텐데, 설마 또 패링을 사용할까요."

"한 번 사용한 필살기성 전략에게 두 번은 없다. 이 뜻이군요."

"예, 그렇습니다."

"그럼 강민허 선수는 무엇을 노리고 공격을 감행하려는 걸까요?"

"제가 보기에는……."

하태영 해설 위원이 입을 열기 전에 서이우 해설 위원이 먼저 말을 가로챘다.

"타임 아웃 전략을 사용하려는 것 같습니다."

"타임 아웃 전략?"

"네. 예전에도 이런 비슷한 전략이 자주 나왔던 때가 있습니다. 서로 방어에 치중하다가 타임 아웃까지 남은 시간이 얼마 남지 않았을 때, HP의 우위로 승리를 거머쥐기 위해 막판에 한 대만 툭 치고 도망다닌다든지 하는 그런 전략 말입니다."

"아, 그러고 보니 있었지요."

민영전 캐스터도 떠오른 모양인지 고개를 크게 끄덕였다.

어찌 보면 재미없는 경기 양상을 연출하는 전략일지도 모른다. 하지만 재미가 있고 없고를 떠나서 이들은 우승을 최우선 목표로 삼아야 할 프로게이머들이다. 확실히 승기가 있어 보이는 수단이 존재한다면, 그것을 택하고 이행하는 것이 프로게이머들의 일이다.

이기는 것. 강민허는 승리를 차지하기 위해 마지막까지 인내심을 가지고 기다렸던 것이다.

HP우위 작전. 그걸 눈치챈 도백필은 처음부터 강민허가 쏘아대는 기공탄을 HP 손실 없이 퍼펙트 가드로 막아냈다.

강민허는 아쉬움에 입맛을 다셨다.

만약 도백필이 1, 2발 정도 강민허의 공격을 허용했더라면.

강민허는 막판에 늦은 공격을 감행하지 않았을 것이다.

여유롭게 도망다니면서 판정승을 따냈을질도 모른다.

하지만 상대는 도백필이다. 허무하게 승리를 내주지 않는다.

'들어올 줄 알고 있었어!'

도백필은 오히려 강민허가 판정승을 위해서 경기가 끝나기 직전에 공격수를 감행할 거라고 예상했었다.

갑자기 방패를 내린 도백필.

강민허는 혀를 찼다.

"이런 망할."

그의 말대로 정말 '망할'이었다.

방패를 냅다 던졌다. 도백필이 오히려 먼저 선제 공격을 감행했다. 방패 던지기가 라울을 살짝 스쳤다. HP가 100퍼센트에서 95퍼센트로 하락했다.

이렇게 된 이상, 강민허는 뒤로 물러설 수 없게 되어버렸다.

죽이 되든 밥이 되든 무조건 도백필을 쓰러뜨려야 한다.

반면, 도백필은 한결 여유가 생겼다.

이대로 판정승을 거머쥘 때까지 도망다닌다는 선택지도 있었다. 하나 도백필은 그런 선택지를 고르지 않았다. 아니 고를 수가 없었다.

이동속도가 강민허보다 느리기 때문이었다. 판정승 전략은 오롯이 강민허만이 택할 수 있는 작전이었다.

이동 속도에서 뒤처지기에 도백필은 도망이 아닌 맞받아치기를 선택했다.

검을 휘둘렀다. 공격 길이는 강민허보다 도백필이 더 길었다. 맨손과 검을 든 검사. 당연히 검사의 공격 범위가 더 넓을 수밖에 없었다.

강민허는 백스텝으로 기습 공격을 회피했다. 그 상황에서 빠르게 백스텝 커맨드를 입력한 것도 대단한 일이었다.

중계진들을 비롯해 게임을 관람하고 있는 팬들도 입을 쩍 벌렸다.

도백필의 판단 능력도 대단했지만, 그것을 회피하는 강민허도 대단했다.

이번에는 강민허의 라이트닝 어퍼가 시전되었다. 도백필 입장에선 굉장히 위험한 공격이었다.

라이트닝 어퍼 스킬 하나만 놓고 본다면 사실 그렇게까지 위협적인 공격은 아니다. 공격력이 엄청 높은 것도 아니었으니까.

하나 라이트닝 어퍼의 진면목은 바로 공중 띄우기 판정이다. 이 띄우기 판정으로 강민허는 격투가 콤보를 빠르게 넣어버린다.

한 대 허용하면 엄청난 대미지가 들어온다. 도백필은 라이트닝 어퍼만큼은 무슨 일이 있어도 피해야 한다고 생각했다.

도백필도 백스텝 커맨드를 입력했다. 라이트닝 어퍼가 바로 코앞까지 도달했을 때. 정말로 아슬아슬하게 도백필은 강민허의 어퍼 공격을 피했다.

뒤이어 도백필의 반격 공격이 펼쳐졌다. 하지만 이번에도 강민허는 회피. 강민허의 공격이 펼쳐지면 도백필의 회피가 이어졌다.

서로의 실력은 그야말로 차이가 없었다.

이렇게 계속 양상이 지속되는 와중에 타임 아웃이 선언되었다.

100퍼센트 대 95퍼센트.

HP가 5퍼센트 뒤처졌다는 이유로 강민허는 도백필에게 3세트를 내줘야만 했다.

"조금만 더 힘냈으면 됐는데."

아쉬움이 밀물처럼 밀려왔다.

그러나 패배한 건 어쩔 수 없었다.

빨리 훌훌 털어내고 다음 경기를 준비해야 한다. 그것이 지금, 강민허가 해야 할 중요한 일이다.

2 대 1로 강민허가 수세에 몰리게 되었다.

쉽게 경기가 끝날 거란 생각은 애초에 하지도 않았다.

그렇다고 강민허 본인이 스스로 2 대 1이라는 상황에 밀리게 될 거란 생각도 하지 않았었다.

경기를 치르면 치를수록 도백필이라는 남자가 얼마나 대단한지 유감없이 느껴졌다.

피지컬 싸움에서도 도백필은 강민허보다 뒤처지지 않았다. 오히려 강민허와 맞먹었다.

'도백필이 트라이얼 파이트 7으로 프로게이머 생활을 시작했더라면, 내가 세계 챔피언 못 먹었을지도 모르겠어.'

이런 생각이 들 정도였다.

확실히 도백필은 강하다!

그러나 상대가 강하다 하더라도 얌전히 백기 들고 GG 선언을 할 생각은 없었다.

강민허는 상대가 강하면 강할수록 더욱 불타오르는 체질이다.

오히려 간만에 괜찮은 상대와 만나게 되어 게임이 재미있다는 생각이 들었다.

잠시 이어지는 브레이크 타임. 강민허는 다시 한번 물로 목을 축였다.

수분을 보충한 이후에 머릿속으로 시뮬레이션을 돌리기 시작했다.

네 번째 세트가 어떤 양상으로 흘러갈지. 미리 예상을 해보는 것도 중요하다.

'타임 아웃으로 판정승을 가져간다는 건 더 이상 쓸 수 없게 되어버렸어. 어차피 도백필은 내 기공탄을 전부 다 막아낼 거야. 조금이라도 HP가 깎이는 상황을 용납하지 않겠지. 내가 덤벼들려고 하면 오히려 캐릭터 스펙으로 나를 밀어붙일 게 뻔하고.'

정면 싸움으로 가면 강민허가 도백필을 이길 방법이 없다.

얼핏 보면 두 사람은 동등한 싸움을 하고 있는 것처럼 보일지도 모르지만, 사실 애초에 이 싸움은 성립이 안 되는 싸움이기도 했다.

강민허의 캐릭터, 라울은 쪼렙에서 머물고 있었다.

반면, 도백필의 캐릭터는 만렙은 기본이오, 장비도 하나같이 전부 다 서버에서 한두 개 존재할까 말까 한 초희귀템을 둘둘 두르고 있었다.

스펙, 장비 싸움으로 가면 강민허가 도백필을 이길 수 없다.

그러나 강민허는 이 부분에 대해서는 핑곗거리가 없다고 생각했다.

라울의 레벨을 그대로 유지한 건 강민허 본인의 선택이다. 본인의 손에 가장 잘 맞는 캐릭터를 구현하기 위해서는 라울의 레벨을 계속 유지시킬 필요가 있었다.

만렙을 찍고 어중간하게 템 파밍을 한 후에 도백필과 정면 대결을 펼칠 바에야, 차라리 예전부터 강민허의 손에 맞는 스펙을 맞춘 캐릭터로 싸우는 게 훨씬 더 익숙했다.

설령 경기에 졌다 하더라도 강민허는 레벨 때문에 졌다는 말을 하지 않을 것이다. 여태 강민허는 레벨로 인해서 우위를 점하지 못했다는 핑계를 댄 적이 없었다.

이건 오롯이 강민허가 짊어져야 할 결과물이다.

네 번째 세트가 시작되기까지 얼마 남지 않은 상황.

손을 푸는 사이에 민영전 캐스터가 관중들의 환호성을 불러일으켰다.

"마지막 경기가 될지도 모르는 4번째 세트! 여러분들의 뜨거운 함성과 함께 만나보시겠습니다!"

민영전 캐스터의 말마따나 이번이 정말로 마지막 세트가 될 수도 있었다.

강민허가 진다면, 도백필이 3 대 1로 결승전에서 우승을 거머쥐게 된다.

강민허는 그걸 두 눈 뜨고 볼 생각이 전혀 없었다.

스스로 킹이 될 생각은 있지만, 킹 메이커가 될 생각은 없다.

그러기 위해서라도 이번 4번째 세트는 반드시 잡아내야 한다.

카운트다운과 함께 네 번째 세트가 벌어질 전장으로 향했다.

소환되자마자 도백필은 여태 보여준 것과 마찬가지로 방패를 들어 올렸다.

변수를 두지 않는 우직한 정석 플레이의 달인, 도백필다운 스타트였다.

반면, 강민허는 결승전에서 보여준 양상과 다른 플레이를 선보였다.

시작하자마자 빠르게 캐릭터를 전진시켰다.

전진 의도는 뻔했다.

상대방을 공격하겠다. 이런 뜻이었다.

도백필은 강민허의 선택에 이런 생각을 품었다.

'무모하기 짝이 없군.'

강민허의 캐릭터는 높은 공격력을 지녔지만, 동시에 물몸이기도 했다.

방어력과 HP가 낮다. 도백필이 마음만 먹으면, 원콤으로 강민허를 보낼 수도 있었다.

물론 강민허는 그걸 허용하지 않을 것이다.

앞으로 치고 나가는 강민허. 순간 강민허는 아끼고 아껴뒀던 스킬을 꺼내 들었다.

[실드 브레이크 스킬을 사용합니다.]

"……!!!"

순간 도백필의 얼굴이 굳어졌다.

실드 브레이크. 방패를 가진 캐릭터를 상대로만 통용되는 스킬이다. 실드 브레이크는 일시적으로 방패의 내구도를 감소시켜 사용하지 못하게 만든다.

강민허가 앞선 3개의 세트에서 실드 브레이커 스킬을 사용하지 않은 이유가 있었다.

캐스팅 시간이 너무 길다.

2초. 프로게이머라면 반응하기 충분한 시간이다.

도백필은 강민허의 2초를 보고 빠른 판단을 내려야 했다.

'오히려 내가 공격을 감행한다면 어떨까.'

강민허에게 크나큰 대미지를 입힐 수 있는 찬스가 주어졌다. 도백필이 이 기회를 놓칠 리 없었다.

검을 휘둘렀다. 바로 시전할 수 있고 최대한 크게 대미지를 입힐 수 있는 스킬을 발동했다.

HP바를 깎아두면, 도백필은 한결 여유로운 플레이를 펼칠 수 있게 된다.

'실드 브레이크를 왜 바로 앞에서 시전하는지 모르겠지만, 잘못된 선택지를 골랐어. 강민허!'

도백필은 강민허의 선택에 조롱을 보냈다.

그러나.

도백필의 캐릭터가 공격 자세에 들어갔다는 것을 확인하자마자 라울의 자세가 바뀌었다.

[실드 브레이크 스킬을 캔슬합니다.]

실드 브레이크는 캐스팅이 시전되는 2초 안에 스킬을 캔슬할 수 있는 기능을 지녔다.

순간 도백필은 혀를 찼다.

“이런……!”

이제야 강민허가 노리는 게 뭔지 알아차렸다.

강민허가 원하는 건 지금처럼 도백필이 강민허의 빈틈을 노려 공격을 감행하는 것이다.

상대방이 빤히 공격을 날렸을 때.

강민허가 택할 수 있는 가장 강력한 선택지가 있다.

[카운터 어택 스킬을 사용합니다.]

강민허의 가장 큰 장기 중 하나, 카운터 어택이 작렬했다.

도백필이 날린 공격의 배가 되어 그의 HP바를 사정없이 깎아 내려갔다.

실수였다.

게다가 도백필이 날린 공격에는 경직이라는 상태 이상 효과가 내포되어 있었다. 상태 이상 효과도 반격기에 의해 그대로 도백필이 뒤집어쓰게 되었다.

경직으로 인해 캐릭터의 움직임이 일시적으로 멈췄다.

하필이면 경직이 도백필의 캐릭터가 공격을 하고 있는 와중에 들어왔다. 그 덕분에 도백필의 캐릭터는 계속해서 공격 판정을 유지하고 있었다.

차라리 디펜스 폼이었더라면 강민허가 날리는 공격들의 대미지가 반감되어 들어왔을지도 모른다. 그러나 공격 자세에서 경직까지 당하게 되니. 대미지는 배로 들어올 수밖에 없었다.

카운터 어택을 성공시킨 강민허의 선택지는 라이트닝 어퍼였다.

강민허의 콤보 시작 스킬, 라이트닝 어퍼가 작렬했다.

동시에 도백필의 캐릭터가 공중으로 솟구쳤다.

민영전 캐스터가 놀라 소리쳤다.

"아아아!!! 강민허 선수!! 도백필 선수를 위기로 몰아붙입니다!!!"

그야말로 위기였다.

강민허의 콤보가 작렬했다. 공중 판정을 받으면 대미지가 더 들어간다.

강민허는 이것이 마지막 기회라고 생각하면서 있는 힘을 다 해 콤보를 때려 넣었다.

여태껏 강민허가 보여준 콤보 중에서도 가장 강력한 콤보가 사정없이 들어갔다. 제아무리 도백필이라 하더라도 이걸 버텨낼 재간이 없었다.

순식간에 그의 HP가 10퍼센트 이하로 하락했다.

다시 방패를 들어올려 디펜스 폼을 유지했다.

일단은 시간 벌이용으로 방패를 들어 올렸다. 여기서 괜히 이성을 잃고 마구잡이로 공격을 난사해 봤자 오히려 강민허에게 기회만 주는 꼴이 된다.

콤보를 넣는 동안, 카운터 어택 쿨타임은 다시 돌았다.

언제든 강민허는 다시 반격기를 사용할 수 잇게 되었다.

이 와중에 계획에 없는 공격을 퍼부으면 큰일이다. 아까처럼 역공을 당할 게 뻔하다.

그래도 공격을 안 하게 되면 미래가 없다.

도백필은 어쩔 수 없이 공격 자세로 되돌린 채 강민허에게 접근을 했다.

강민허는 도백필이 공격이라는 선택지를 고를 줄 이미 알고 있었다.

도백필이 4세트를 잡기 위해서 취할 수 있는 방법은 두 가지뿐이었다.

강민허의 HP를 10퍼센트 이하로 줄이든가, 아니면 강민허를 아웃시키든가.

계속해서 두 사람의 공방이 치열하게 이어졌다.

그러나 앞서 3세트에서 두 사람의 실력은 동등하다는 평가를 받았다.

강민허는 공격을 적중시키기보다는 회피에 집중했다.

공격, 그리고 회피. 공격, 회피.

이 패턴이 반복되었다.

도백필 입장에선 답답할 수밖에 없었다.

참으로 짜증 나게 하는 플레이가 이어졌다.

그러나 한편으로는 승기를 확실하게 가져가기 위한 플레이이기도 했다.

강민허는 괜히 무리하게 공격을 날릴 이유가 없었다. 이미 시간은 흘러가고 있었고, 이 양상이 계속되면 강민허가 무난하게 승리를 가져가게 되기 때문이다.

그래도 도백필은 본인이 할 수 있는 최대한의 승부수를 던지기로 했다.

바위 베기 스킬을 시전했다. 이 스킬은 강민허의 라이트닝 어퍼와 마찬가지로 콤보 연계를 넣을 수 있는 기본 스킬이다.

그러나 강민허는 그것조차도 반격기로 튕겨냈다.

시도 때도 없이 튀어나오는 강민허의 반격기. 중계진들은 중계하는 것을 까먹고 그저 '아!'라든지 '우와'라는 탄성밖에 내지 못했다.

그야말로 신들린 플레이를 보여주는 강민허.

어느 누가 도백필을 상대로 이런 플레이를 보여준 적이 있었나 싶을 정도였다.

아니, 없다. 지금까지 단 한 차례도 없었다. 그것을 강민허가 유감없이 보여줬다.

결국 오히려 강민허가 도백필의 HP를 제로로 만들어 버렸다.

"GG! 강민허 선수가 4세트를 따냅니다!"

이것으로 승부는 또다시 원점으로 돌아왔다.

* * *

2 대 2.

그야말로 치열한 승부가 이어지고 있었다.

마지막 1세트만 남은 상황에서 이번에는 브레이크 타임을 좀 더 오래 가지기로 했다.

그사이에 이화영 아나운서는 관객들과 인터뷰를 가졌다.

중계진들도 정신을 차리기 위해서 물을 벌컥벌컥 마셔댔다.

중계하기 힘든 경기가 계속 이어졌다. 원래 게임이 오래되면 대부분 패턴도 고정된다. 그래서 이 타이밍에 이런 공격이 나오겠구나, 이런 수비 진영이 나오겠구나 하고 대충 예상할 수 있게 된다.

하지만 이번 경기는 전혀 달랐다.

한 치 앞도 예상할 수 없었다.

선수가 강민혀, 도백필이라서 그럴지도 모른다.

이들은 다년간 경험이 쌓인 중계진들의 예상조차 뛰어넘는 경기력을 선보였다.

관중과의 인터뷰 시간이 끝난 뒤.

민영전이 조심스럽게 물었다.

"마지막 세트. 누가 이기리라고 보십니까?"

하태영 해설 위원이 가장 먼저 답했다.

"솔직히 모르겠습니다."

"저도요."

서이우 해설 위원 역시 마찬가지였다.

그래도 한 가지 확실한 게 있었다.

그 점을 서이우 해설 위원이 언급했다.

"누가 이길지 모르겠지만, 이것만큼은 장담할 수 있습니다. 두 사람 중 누가 우승해도 우승자로서의 자격이 충분하다는 것을요. 이 두 선수는 정말 최고입니다. 칭찬받아 마땅합니다."

모두가 서이우 해설 위원의 말에 고개를 끄덕였다.

최고의 결승 경기.

그러나 이제 그것도 마지막 세트만을 남겨두고 있었다.

제27장
승자

마지막 경기.

도백필은 설마 다섯 번째 경기까지 오게 될 줄은 몰랐다.

길게 잡아봤자 3 대 1. 이 정도 선에서 경기가 끝날 줄 알았다. 그러나 네 번째 세트는 솔직히 도백필의 예상과 어긋나는 상황이 생각보다 많이 발생했다.

솔직히 압도적인 차이로 진 건 아니었다. 경기 내용 자체는 어느 누가 일방적으로 우세했다든가 하는 건 아니었다. 물론 HP 상황이 많이 뒤처지긴 했지만, 난타전이라든지 중간중간마다 발생하는 소규모 전투에선 도백필이 강민허에게 밀리는 모습을 보여준 적은 단 한 차례도 없었다.

서로의 실력은 종이 한 장 차이이다. 도백필도, 그리고 최근 경기에서 승자가 된 강민허도 그렇게 생각하고 있었다.

방심한 순간.

그 한순간에 훅 갈지도 모른다. 이 생각을 항상 품고 있어야 한다.

경기에 들어가기에 앞서 허태균 감독 혼자서 강민허가 있는 부스를 찾았다.

"고생이 많다, 민허야."

"감독님. 코치분들은 같이 안 올라오셨어요?"

"뭐, 그렇지. 다 같이 여기 와봤자 번잡하기만 하고. 그리고 너한테 들려줄 말도 딱히 없으니까."

코치진들이 강민허에게 이렇다 할 작전 지시를 할 수는 없었다.

이미 강민허와 도백필의 경기 수준은 그 범위를 넘어섰다.

오롯이 두 선수들이 지닌 능력. 그 차이에서 싸움의 결과가 판가름 날 것이다.

강민허의 능력에 달렸다.

어느 선수가 더 높은 재능을 가지고 있느냐. 거기서 오늘의 승자가 결정된다.

이런 상황에서 코치진이 강민허에게 해줄 말은 없었다.

허태균은 그걸 잘 안다.

도백필의 코치진 역시 허태균 감독과 같은 생각인 모양인지 ESA 팀처럼 감독 한 명만 부스 안으로 들어섰다.

맞은편 부스 상황을 눈여겨보던 허태균 감독은 강민허의 어깨를 토닥여 줬다.

"마지막까지 힘내라. 그리고 최선을 다해라. 이기고 지는 건 중요하지만, 가장 중요한 건 후회가 남지 않는 경기를 펼치는 거다. 후회 없는 경기를 하고 와라."

"감사합니다, 감독님."

좋은 말이었다.

승패의 여부도 중요하지만 미련이 남는, 혹은 후회가 남는 경기를 하는 게 더 머릿속에 계속 맴돌 것이다.

패배를 하더라도 후회 없는 경기를 펼치고 와라. 이것이 허태균이 하고 싶은 말이었다.

허태균 감독은 부스를 나섰다.

이제 이 부스 안에는 강민허, 혼자 남았다.

마지막 세트가 시작되기까지 채 10분이 남지 않았다.

강민허와 도백필. 두 사람은 마음의 준비를 서둘렀다.

이제 정말로 마지막이다! 이런 생각이 그들의 머릿속에 강하게 남았다.

*　　*　　*

민영전 캐스터는 마이크를 들어 올렸다.

“양 선수, 준비가 다 끝났다고 합니다. 여러분, 마지막 경기를 지켜보실 준비, 되셨습니까!!!”

“예에에에에!!!”

관중들은 합심해서 있는 힘을 다해 외쳤다.

강민허를 응원하는 팬들, 도백필을 응원하는 팬들.

지금 이 순간만큼은 두 팬층이 하나가 되었다.

마지막 세트! 누가 이기든 최고의 경기로, 최고의 결승전으로 남게 될 것이다!

현장에 있는 모두가 다 그렇게 확신했다.

“그럼 지금부터 도백필 대 강민허! 강민허 대 도백필 선수의 마지막 세트를 뜨거운 함성과 함께 만나보겠습니다!!!”

특설 무대가 떠나가라 함성을 내지르는 관중들.

동시에 대형 스크린에 인게임 화면이 펼쳐졌다.

도백필은 앞선 네 경기 모두 시작과 동시에 디펜스 폼을 유지했다. 이번에도 변함이 없었다.

초반에 공격권을 지닌 쪽은 늘 강민허의 몫이었다. 그러나 강민허가 의도해서 선공 권한을 쥐는 것이 아니었다.

강제로 공격권을 넘겨받은 듯한 기분이었다.

그래도 어쩔 수 없었다. 초반부터 상대가 저렇게 가드를 단단히 세우고 있는데, 강민허가 어찌할 방법이 없었다.

일단은 공격을 해야 한다.

공략 방법은 많다. 앞서 강민허가 따 온 2번의 승리를 토대로 도백필을 공략하면 된다.

그러나 문제는 도백필이 이미 강민허에게 한 번씩 당했던 플레이라는 점이었다.

도백필은 천재다. 그가 같은 공략에 두 번씩 당해줄 리는 없을 것 같았다.

'그래도 해보는 수밖에 없겠지!'

강민허는 적극적으로 나서기로 했다.

마지막 세트라고 마냥 수비적으로 움직일 수는 없었다. 이럴 때일수록 적극적으로 공격, 또 공격! 그것이 강민허가 승리를 따낼 수 있는 가장 확실한 방법이었다.

앞으로 나아갔다. 도백필의 방패를 계속해서 두드렸다.

동시에 도백필이 어느 순간 가드를 내리고 반격을 해올지, 혹은 패링 공격을 해올지에 대한 주의를 단단하게 기울였다.

보통 상대방이 와서 이렇게 방패를 두드리면, 도백필은 패링을 노리곤 했다.

그러나 강민허가 패링조차도 반격기로 튕길 수 있는 피지컬을 지닌 선수라는 걸 알게 된 이상, 도백필은 함부로 패링을 내밀 수 없게 되어버렸다.

그 순간 경기는 끝이다.

두 플레이어의 실력은 거의 막상막하다. 어느 한쪽이 먼저 큰 공격을 허용하느냐. 거기서 이번 승부가 판가름 날지도 모른다.

그래서 도백필은 알면서도 패링을 시도하지 못했다.

강민허도 그걸 잘 알기에 부담 없이 계속해서 도백필의 방패를 두드렸다.

그의 방패는 견고했다.

하지만.

"이건 어떨까?"

다시 한번 강민허의 실드 브레이크 스킬이 시전되었다.

빠각!

일시적으로 방패의 내구도가 0이 되었다. 더 이상 디펜스 폼을 유지할 수 없게 되어버렸다.

도백필은 빠르게 손을 움직였다.

"올 것이 왔군……!"

이미 도백필엔 실드 브레이크 스킬을 사용하고 들어올 것까지 다 예상하고 있었다.

바로 방패를 버리고 양손 검 모드로 폼을 바꿨다.

공속이 느린 대신, 대미지는 2배 상승한다. 강민허의 라울은 잘못 걸리면 한 콤보에 HP가 바닥을 기게 될지도 모른다.

강민허는 도백필이 스스로 방패를 버리게 만든 것만으로도 크나큰 소득이라 생각했다.

디펜스 폼, 그리고 양손 검 폼.

그중 한 가지의 선택지를 포기하게 만든 것이다.

미세하지만, 강민허가 조금이나마 이득을 취하는 데에 성공했다.

중계진들, 그리고 관중들은 숨을 죽이며 두 선수의 플레이를 지켜봤다.

먼저 움직인 쪽은 놀랍게도 도백필이었다.

도백필의 캐릭터가 앞으로 빠르게 치고 들어왔다.

공격 속도가 느릴 뿐이지, 이동속도가 느린 건 아니었다.

매우 빠른 속도로 거리를 좁힌 도백필. 강민허는 뒤로 캐릭터를 빼면서 도백필의 공격 사정 범위에서 벗어났다.

이후, 빠르게 앞으로 전진시켜서 반격을 노렸다.

상대방의 공격을 흘리고 자신의 공격을 노리는 아주 기본적인 플레이었다.

그러나 도백필은 결코 호락호락한 상대가 아니었다.

사이드 스텝. 캐릭터를 옆으로 뺐다.

검사 캐릭터가 지닌 스킬 중에 사이드 스텝과 연계시킬 수 있는 공격 스킬이 있었다.

가로 베기.

"…이런!"

강민허는 짧게 탄식했다.

알고는 있었다. 검사 캐릭터에 이런 스킬이 있다는 것을 강민허가 모를 리 없었다.

그럼에도 불구하고 공격을 허용해 버린 건 다름이 아닌 양자택일 심리전에서 진 탓이었다.

강민허는 도백필이 뒤로 뺐다가 공격을 하는 형태를 취할 줄 알았다. 강민허가 앞서 보여준 백 앤 포워드의 움직임을 할 거라고 예상했었다.

왜냐하면 지금까지 보여준 도백필의 플레이에선 이런 장면이 많이 나왔었으니까.

비슷한 상황에서 도백필은 백스텝을 했다가 앞으로 전진해 반격을 가하는 그런 선택지를 대부분 골랐다.

그러나 도백필은 결승전 5세트에서 약간의 변수를 줬다.

사이드 스텝 이후 가로 베기 스킬을 시전했다.

도백필이 보여준 적 없는 패턴이었다.

아끼고 아끼다가 마지막에 결승전에서 승리를 거머쥐기 위해 기습적으로 선보인 패턴이었다.

도백필이 변수를 꾀할 줄이야. 강민허의 예상 밖의 일이었다.

다행스럽게도 가로 베기는 타겟 스킬이 아니었다.

논 타겟 스킬이었다. 강민허는 필사의 컨트롤을 선보이면서 가까스로 가로 베기 공격을 피하는 데에 성공했다.

그러나 문제는 이게 끝이 아니라는 점이었다.

가로 베기 이후, 공격 권한을 계속 이어가는 도백필.

그의 공세가 무섭게 펼쳐졌다.

어느 새 강민허는 수비만 하는 입장이 되어버렸다.

계속 깎여가는 HP.

중계진들은 자리에서 벌떡 일어섰다.

"강민허 선수! 큰일 났습니다!"

"페이스를 완전히 잃었어요! 지금 HP가 30% 선을 넘었습니다! 이대로 가면 큰일이에요!"

"아… 강민허, 선수, 여기까지인가요."

관중들의 반응은 제각각이었다.

도백필의 승리를 기원하는 팬들은 엄청난 함성 소리를. 반면, 영원한 챔피언을 꺾고 새로운 도전자가 챔피언의 자리에 오르는 것을 바라는 이들은 절망에 가득 찬 탄식을 내뱉었다.

한번 페이스를 잃어버리니, 계속해서 패턴이 말릴 수밖에 없었다.

HP가 단숨에 20% 이하로 내려가 버렸다.

도백필의 공세는 계속되었다.

도백필은 공세를 멈출 생각이 없었다. 이대로 강민허를 아웃시킨다. 그것이 도백필의 최종 목표였다.

어차피 타임아웃까지 시간을 끌면서 판정승을 노릴 수도 없었다.

이동속도는 강민허가 빠르다.

재정비를 하고 달려드는 강민허에게 달려들 기회를 주느니, 차라리 이대로 승기를 몰아붙일 필요가 있었다.

결국은 기세 싸움이다.

기세가 크게 꺾인 강민허는 그야말로 샌드백이나 다를 바 없었다.

도백필은 경기의 흐름을 읽는 데에 능숙한 선수다.

지금 이 기세를 놓치면 안 된다는 생각이 확실하게 들었을 때.

이때 경기를 잡아야 한다!

한편, 강민허의 수세를 지켜보고 있던 허태균 감독은 입을 굳게 다물었다.

오진석 코치는 머리를 쥐어뜯었다.

"아아아, 민허야……! 제발 힘 좀 내줘라, 제발!"

나선형 코치는 오진석 코치에 비해 침착했다.

"괜찮아. 민허라면 역전할 수 있을 거야."

"저기서 어떻게 역전을 해?! HP 상황을 봐봐! 20% 대 95%라고!"

"그렇다고 민허한테 GG 선언하라고 말할 수도 없잖아."

"그야… 그렇지만……."

나선형 코치는 솔직히 가능성이 없다고 생각했다.

저런 HP 상황에서 역전이 나오는 건 결코 쉽지 않다.

물론 나오긴 한다. 그러나 매우 어려운 일이다.

제아무리 강민허가 재능 넘치는 게이머라 하더라도 이번 경우는 어쩔 수 없어 보였다.

허태균 감독도 속으로 그렇게 생각을 하고 있었다.

그러나 티는 내지 않았다.

"감독, 코치는 무슨 일이 있어도 우리 선수가 이길 거라고 끝까지 믿어줘야 하는 거다. 암울한 소리 말고 민허의 경기를 끝까지 지켜봐라. 그리고 믿어라. 민허라면. 우리와 함께한 선수라면 무조건 이기리라는 믿음을 가져라."

"……."

"……."

오진석 코치와 나선형 코치는 입을 굳게 다문 채 고개를 끄덕였다.

이들이 할 수 있는 건 그저 믿는 것이다.

계속 수세에 몰리는 강민허.

HP가 기어코 10%까지 떨어졌다.

나름 반격을 해보는 강민허였지만, 도백필의 HP는 90%다.

아홉 배나 차이가 난다.

그러나 강민허는 포기할 생각을 하지 않았다.

'한 번. 단 한 번의 기회면 돼!'

그 기회가 왔다고 판단했을 때.

강민허는 커맨드를 입력했다.

라이트닝 어퍼. 강민허의 콤보를 알리는 기적의 역전 스킬이 시전되었다.

마지막까지 꾹 참고 한번 뻗어보는 라이트닝 어퍼!

강민허는 이 한 방으로 경기를 역전시킬 자신이 있었다.

게다가 맞을 확률도 꽤 높았다.

도백필은 지금, 강민허를 몰아붙이느라 정신없이 계속해서 공격에 공격을 감행하고 있었다.

이럴 때 상대가 기습적으로 반격을 할 거라는 예상을 하기가 쉽지 않다.

수세에 몰린 상대가 날리는 필살의 일격!

강민허는 라이트닝 어퍼가 먹힐 거라 생각했다.

그러나.

"흥, 우습군."

도백필은 마치 강민허의 라이트닝 어퍼를 기다렸다는 듯이 백스텝을 펼쳤다.

라이트닝 어퍼는 허무하게 허공을 갈라 버렸다.

중계진들이 놀라 소리쳤다.

"도백필 선수!!! 강민허 선수가 노리고 노렸던 마지막 비수를 피해냈습니다!"

"큰일났네요, 강민허 선수! 라이트닝 어퍼는 쿨타임이 긴 스킬인데요. 다음 쿨타임 때까지 계속해서 공격권을 도백필 선수에게 내어줄 수밖에 없겠네요."

"이걸 어찌 하나요, 강민허 선수! 이제 HP도 얼마 남지 않았습니다!"

중계진은 말은 안 했을 뿐이지, 사실 도백필의 승리를 일찌감치 점치고 있었다.

이 상황에서 마지막 역전의 한 수였던 라이트닝 어퍼조차도 빗나갔다.

지금의 흐름을 역전하려면 단일 스킬로는 어림도 없다. 라이트닝 어퍼처럼 콤보를 이어갈 수 있는 일발역전의 스킬이 필요하다.

그중 하나가 바로 라이트닝 어퍼였다.

라이트닝 어퍼는 강민허가 주로 사용하는 콤보 연계기의 시작을 알리는 스킬이었다.

도백필은 강민허가 언제 라이트닝 어퍼를 내밀까. 이것만 계속해서 보고 있었다.

주의 깊게 경계를 하니, 피하는 건 생각보다 쉬웠다.

라이트닝 어퍼가 빗나가는 순간.

'이겼다!'

도백필은 자신의 승리를 확신했다.

이제 더 이상 역전의 수는 없다.

그제야 도백필은 안심을 하면서 필살의 일격을 날릴 준비를 서둘렀다.

그러나 아직 경기는 끝난 게 아니었다.

갑자기 라울이 앞으로 빠르게 쇄도했다.

왜 이런 움직임을 보이는 걸까. 도백필은 순간 이해할 수가 없었다.

라이트닝 어퍼가 빗나갔다. 그렇다고 붕권 같은 단일 기술을 시전해 봤자 시간 내에 HP 차이를 역전해 내는 건 불가능에 가깝다.

뿐만 아니라 붕권은 대미지는 높지만, 콤보 연계기의 시작을 알리는 스킬은 아니다. 붕권으로 역전을 꾀한다는 건 말이 안 된다.

하나 도백필은 아직 강민허에 대해 잘 몰랐다.

아니, 정확히 말하면 강민허에 대해서가 아니라 라울이라는 캐릭터에 대해서였다.

라울은 콤보 연계를 시작하는 스킬로 어퍼류의 스킬만 가지고 있는 캐릭터가 아니었다.

격투가 클래스에는 라이트닝 어퍼 말고 콤보 연계용 기술이 또 하나 존재한다.

제트 킥.

똑같이 상대 캐릭터를 공중으로 띄우게 만들어주는 콤보 연계용 스킬이다.

"앗차……!"

도백필은 크게 탄식했다.

실수했다. 격투가 클래스에는 띄우기 스킬이 라이트닝 어퍼 말고도 많이 존재한다.

그럼에도 불구하고 도백필이 라이트닝 어퍼 하나만 견재했던 이유는 하나밖에 없었다.

왜냐하면 그 패턴밖에 보여준 적이 없었으니까.

강민허가 보여준 콤보 영상은 거의 99.9% 라이트닝 어퍼 스킬 연계로 포문을 열었다.

그래서 도백필은 라이트닝 어퍼만 조심하면 된다는 생각을 가지고 있었다.

하나 강민허는 제트 킥도 사용할 줄 알았다.

올려 차기 모션으로 상대 캐릭터를 띄우는 기술.

트라이얼 파이트 7에 나오는 라울이 실제로 가지고 있는 기술 중에서 제트 킥과 비슷한 효과를 지닌 기술이 있었다.

도백필이 여태 보여주지 않았던 패턴으로 강민허에게 제대로 곤혹을 치르게 만들었다면, 강민허도 마찬가지로 같은 방식을 동원해 도백필을 위기로 몰아세울 의도를 가지고 있었다.

강민허의 심리전은 제대로 통했다.

"도백필 선수의 캐릭터가 공중으로 떴습니다!"

"위기입니다, 도백필 선수! 하지만 일단 콤보 미스가 나는지, 그것부터 확인해야 할 거 같네요!"

"강민허 선수는 콤보를 잘 넣기로 알려진 선수 아닙니까! 제가 보기에는 강민허 선수가 손이 키보드 위에서 미끄러지지 않는 이상, 콤보는 말끔히 넣을 수 있을 거 같은데요. 중요한 건 아무리 강민허 선수가 콤보를 많이 넣는다 하더라도 본인의 HP 수치 이하만큼 도백필 선수의 HP를 떨어뜨릴 수 없다는 것이지요. 제가 알기론 저 상태에서 넣을 수 있는 콤보의 최대치는 그리 높지 않습니다."

하태영 해설 위원은 강하게 확신했다.

라이트닝 어퍼보다 제트 킥으로 시작하는 콤보의 대미지 누적이 더 낮다. 그래서 강민허는 여태껏 라이트닝 어퍼를 계속 사용해 왔었다.

라이트닝 어퍼로 때릴 수 있는 시간이 더 길기 때문이었다.

체공 시간이 길면 길수록 그만큼 강한 기술들을 넣을 수 있다.

반면, 제트 킥은 체공 시간이 그리 길지 않다. 콤보 수가 몇 번 이어지지 않고서 끝날 거라고 하태영 해설 위원은 그렇게 생각하고 있었다.

그러나 강민허는 달랐다.

제트 킥 이후 콤보를 넣던 강민허.

도백필의 캐릭터가 거의 땅에 닿기 직전에.

강민허는 갑자기 기공탄을 쏘았다.

공중에 떠 있는 캐릭터에게 기공탄을 쏘면, 약간이나마 체공 시간이 더 길어진다.

"기공탄을 맞아도 공중에 뜨는군요! 처음 알았습니다!"

민영전 캐스터는 몰랐다는 듯이 반응했다.

서이우 해설 위원과 하태영 해설 위원은 알고는 있었다. 그러나 콤보 연계용으로 기공탄을 사용하는 프로게이머는 처음 봤다.

약간의 체공 시간을 번 강민허.

그때, 강민허의 다음 이어지는 선택은 중계진을 경악케 만들기에 충분했다.

라이트닝 어퍼가 작렬했다!

정확히 꽂히는 라이트닝 어퍼.

도백필의 캐릭터는 도통 땅으로 내려올 생각을 하지 못했다.

"이게 무슨 일입니까!!! 눈으로 보고도 믿기 힘든 상황이 벌어졌습니다!!!"

"기공탄으로 캐릭터를 더 띄워서 라이트닝 어퍼 쿨타임이 차는 걸 벌었군요. 그다음에 라이트닝 어퍼 시전이 가능해지자마자 바로 스킬 발동이라니… 놀랍습니다. 마치 기계 같은 정확한 타이밍 계산이네요."

"도백필 선수를 보는 듯한 플레이입니다!"

초 단위까지 전부 다 머릿속으로 계산한 강민허의 놀라운 플레이. 중계진이 말한 대로 이런 계산적인 플레이의 대표격인 선수가 바로 상대방인 도백필이다.

오히려 도백필이 계산 플레이에 당하고 있으니. 그야말로 기가 막힐 노릇이었다.

계산적인 플레이는 도백필의 전유물이 아니다.

강민허도 충분히 할 수 있는 플레이였다.

강민허는 일부러 그것을 보여줬다.

HP 계산도 정확했다.

해설 위원들조차 생판 처음 보는 콤보를 다 넣은 결과.

도백필의 HP가 5%밖에 남지 않았다.

마지막으로 강력한 대미지를 뽑아낼 수 있는 스킬이 필요하다.

대형 모니터 하단에 라울 스킬 쿨타임 현황판이 올라왔다.

때마침 쿨타임이 찬 스킬이 딱 하나 존재했다.

붕권!

"이게 내 마지막 일격이다!!!"

강민허는 부스 안에서 목소리를 높이면서 커맨드를 입력했다.

강민허가 가지고 있는 최강의 공격 스킬, 붕권!

빼어어어어어어어억!!!

찌릿한 타격감이 느껴지는 사운드가 경기장에 울려 퍼졌다.

도백필의 캐릭터는 붕권에 의해 나가떨어졌다.

정확한 대미지 계산으로 HP를 딱 0으로 만들어 버린 강민허.

더 이상 경기를 볼 필요도 없었다.

"강민허 선수!!! 도백필 선수를 꺾고 우승을 차지합니다!!!"

개인 리그 결승전의 승자는 강민허의 차지였다.

* * *

우승을 결정짓자마자 오진석 코치와 나선형 코치는 부스로 뛰어올라 갔다.

문을 열고 강민허를 와락 껴안은 두 코치.

"잘했다, 잘했어! 민허야, 난 네가 해낼 줄 알고 있었다!"

오진석 코치는 눈시울을 붉히면서 민허의 우승을 축하해줬다. 그러나 도중에 나선형 코치가 딴지를 걸었다.

"진석이 너, 방금 전까지만 해도 민허가 지겠다면서 호들갑 떨었잖아."

"그, 그때는 그때고! 지금의 순간을 만끽하자고!"

"하긴, 그렇지."

나선형 코치도 이제야 웃음을 되찾았다.

사실 많이 조마조마했다. 강민허가 질 거 같은 장면이 계속 연출되었으니 말이다.

그러나 강민허는 위기를 본인의 재능으로 극복했다.

도백필도 재능 넘치는 게이머인 건 분명하다. 강민허는 트라이얼 파이트 7 선수 시절 때를 통틀어서 지금까지 다 종합을 해봐도 도백필만큼 상대하기 어려웠던 선수를 떠올리지 못했다.

라이벌로서 도백필이 최고였다.

강민허는 코치들을 진정시키고 부스를 나섰다.

때마침 비슷한 타이밍에 부스를 나온 도백필.

그가 먼저 강민허에게 다가갔다.

"우승 축하합니다, 강민허 선수. 솔직히 제가 이길 거라고 생각했었는데… 지니까 약간 정신이 어벙벙하네요."

도백필은 결승전에서 그 누구에게도 진 적이 없는 무적의 포스를 자랑했다.

그러나 무패 행진은 눈앞에 있는 남자, 강민허에 의해 강제로 종료되고 말았다.

그럼에도 불구하고 분함이라든지 이런 건 느끼지 못했다.

오히려 후회 없는 경기를 해서, 그리고 간만에 심장이 뛰는 재미있는 경기를 해서 좋았다는 감정이 더 크게 느껴졌다.

강민허도 마찬가지였다.

"감사합니다. 도백필 선수 덕분에 오랜만에 재미있는 게임 했습니다."

"다음번에는 제가 이길 겁니다. 언젠가 다시 결승 무대에서 보도록 하죠."

"물론이죠."

그때는 강민허가 도전자가 아닌 디펜딩 챔피언으로. 그리고 도백필이 새로운 도전자로 무대에 오를 것이다.

도백필과 악수를 주고받은 후. 중계진들은 마이크를 들고 강민허에게 다가갔다.

민영전 캐스터가 강민허에게 손짓했다.

앞으로 나오라는 뜻이었다.

"자! 우선 소감 같은 거는 시상이 끝나고 나서 천천히 들어 보도록 하겠습니다. 그 전에 3위를 차지한 최명철 선수, 그리고 2위를 차지한 도백필 선수까지 무대 위로 올라와 주시면 감사하겠습니다."

4강에서 도백필과 혈전을 벌였던 최명철은 장지석과 3, 4위전에서 승리를 거둬 최종적으로 3위라는 성적으로 이번 개인 리그를 마무리 짓게 되었다.

그는 2위가 도백필이라는 사실에 믿기지 않는 듯한 표정을 했었다. 그러나 이내 강민허를 보자마자 그에게 축하의 말을 건넸다.

"우승 축하드립니다, 강민허 선수."

"감사합니다. 최명철 선수도 3위 축하드립니다."

서로 짧게 인사를 주고받은 후에 바로 시상식이 거행되었다.

3위부터 시작해서 2위를 차지하게 된 도백필까지. 우승 상금이 적힌 팻말과 더불어 트로피가 증정되었다.

그리고 마지막.

1위를 차지한 강민허가 무대 한가운데에 올라섰다.

민영전 캐스터의 목소리에 더욱 힘이 들어갔다.

"다시 한번 소개해 드리겠습니다! 로인 이스 온라인 개인 리그 부분 1위! 우승을 차지한 강민허 선수입니다!!!"

강민허를 응원하는 팬들은 엄청난 함성을 내질렀다.

설마 했던 결과에 팬들은 처음에는 반신반의했지만, 이내 우승 트로피를 높게 들어 올리는 강민허의 모습을 보고 스마트폰으로 열심히 촬영에 임했다.

트로피를 들어 올린 강민허는 마지막으로 투명한 트로피에 입을 맞췄다.

강민허. 드디어 그가 로인 이스 온라인을 정복했다!

로인 이스 온라인에 데뷔한 지 채 1년도 안 되는 신인이 개인 리그에서 우승을 차지했다.

뿐만 아니라 개인 리그는 첫 출전이었다. 첫 출전에서 강력한 상대들을 제압하고 트로피를 거머쥐게 된 강민허.

특히나 결승 무대는 게임 팬들에게 있어서 굉장히 인상적인 명경기로 계속 화자가 되었다.

무대 위에 선 강민허에게 민영전 캐스터가 마이크를 내밀었다.

"강민허 선수! 우선 우승 축하드리겠습니다."

"감사합니다."

"이번 결승 무대를 준비하면서 많은 고생을 했다고 들었는데. 특히 어느 부분이 힘들었습니까?"

"글쎄요. 아무래도 상대가 그 유명한 도백필 선수라서 그런지 준비하는 게 녹록지 않더라고요. 솔직히 경기를 준비하면서도 반신반의했습니다."

"어떤 부분이 반신반의했던 건가요?"

"제가 도백필 선수를 이길 수 있을지 없을지에 대해서였습니다."

"오, 강민허 선수가 이런 말을 하는 건 처음이네요."

"저도 제가 제 입으로 이런 말을 하게 될 줄은 몰랐습니다."

이건 솔직한 감정에서 우러나오는 멘트였다.

강민허는 어떤 강력한 상대를 만났다 하더라도 본인이 이길 수 있을지 없을지 잘 모르겠다는 발언은 정말 거의 하지 않았었다.

그러나 이번만큼은 상대가 상대인 만큼, 천하의 강민허라 하더라도 어쩔 수 없이 상대를 인정하고 들어가야만 했다.

승률, 승수가 가장 높은 도백필이다. 강민허뿐만 아니라 어떠한 프로게이머들이 와도 도백필과 맞붙는 건 어려워한다.

강민허가 약한 소리를 하는 게 아니었다.

오히려 당연한 소리를 한 셈이었다.

그럼에도 승자는 도백필이 아닌 강민허가 되었다.

우승을 차지한 강민허.

민영전 캐스터가 추가로 질문했다.

"우승한 소감! 간단하게 한 말씀 해주시죠."

"우선은… 저를 적극적으로 도와주신 ESA 팀 멤버들. 그리고 감독님, 코치님들께 정말 고맙다는 말을 전하고 싶습니다. 그리고 이 방송을 보고 있을지 모르겠지만, 제 여동생하고 그리고 저를 길러주신 제2의 부모님, 오연복 원장님에게 이 영광을 돌리겠습니다. 마지막으로 저를 응원하기 위해 먼 길을 달려와 주신 팬 여러분, 사랑합니다!"

사랑한다는 멘트와 함께 트로피를 위로 번쩍 올리는 강민허의 모습은 그를 응원하는 팬들에게 굉장히 강렬한 인상을 남겼다.

팬들은 열렬히 환호했다.

강민허. 그는 팬들에게 최고의 경기를 선사하면서 감동을 안겼다.

관중들은 강민허의 이름을 연호했다.

"강민허! 강민허! 강민허!"

"우승 축하해요!!!"

"꽃길만 걷자!!!"

강민허의 우승 소식에 몇몇 팬들은 눈물을 흘렸다.

셀리아도 마찬가지였다.

모두가 다 강민허의 재능은 인정했다. 그러나 과연 도백필을 상대로 그의 재능이 먹혀들지에 대해서는 대다수가 의심을 했다.

그 의심을 강민허는 실력으로 극복했다.

당당하게 우승을 차지한 강민허!

민영전 캐스터는 다시 한번 온 세상을 향해 강민허의 우승 소식을 알렸다.

"최종 우승자는 강민허 선수입니다! 뜨거운 박수로 환호해 주시기 바랍니다!"

팬들은 아직도 여운이 남는 모양인지 많은 수가 남아 시상식에 인터뷰까지 전부 다 지켜봤다.

카메라는 새로운 챔피언의 등극을 전 세계로 송출하느라 바삐 움직였다.

강민허. 그가 도백필을 꺾고 정상에 올라섰다!

*　　　*　　　*

강민허의 우승이 정해지자마자 전 세계 게임계는 크게 뒤흔들렸다.

도백필이라는 절대 강자를 넘어선 새로운 루키!

물론, 트라이얼 파이트 7 팬덤은 강민허가 도백필을 넘어서 세계 최강이 될 거라는 사실을 일찌감치 예상하고 있었다.

단지, 시간문제였을 뿐.

전문가들도 놀라는 눈치였다.

강민허의 재능은 높게 사지만 설마 첫 출전한 개인 리그에서, 그것도 도백필을 상대로 우승을 거머쥘 거라고는 아무도 예상을 못 했었다.

여운이 가시지 않는 밤.

회식을 마치고 숙소로 돌아온 강민허에게 한 통의 전화가 걸려왔다.

강민허의 여동생이라 할 수 있는 윤민아에게 걸려온 전화였다.

그녀가 왜 전화를 걸어왔는지 강민허는 쉽게 감을 잡았다.

"여보세요."

—우승 축하해, 오빠.

"땡큐, 땡큐. 방송으로 보고 있었어? 나의 맹활약을."

—리얼 타임으로 보고 있었지. 그리고 원장님도 같이 봤어.

"…그래?"

강민허는 오연복 원장이 자신의 경기를 봤다는 말을 할 때마다 이유 모를 두근거림을 느꼈다.

설렘이라는 종류와는 다른 두근거림이었다.

긴장이다.

오연복 원장은 강민허가 프로게이머업계에 진출하는 걸 별로 좋아하지 않았다. 강민허에겐 평범한 인생을 살라고 늘 말을 했었다. 하기야. 강민허는 오연복 원장이 왜 강민허가 프로게이머업계에 진출하는 걸 탐탁지 않게 생각하는지 잘 알고 있었다. 맨날 시간이 날 때마다 게임이나 하러 나갔다가 저녁 늦게 들어오니 오연복 원장이 좋아할 리가 있겠나.

그러나 결국 강민허는 트라이얼 파이트 7 리그를 거쳐 전 세계적으로 대세 게임이라 불리고 있는 로인 이스 온라인까지 정복하게 되었다.

상금도 억대다. 웬만한 직장인보다도 더 잘 버는 젊은 청년이 되어버렸다.

윤민아는 목소리를 최대한 낮춘 채 말을 이어갔다.

—원장님, 오빠가 나하고 원장님 언급할 때 울먹이시더라고. 물론 아이들 앞에선 티를 최대한 안 내려고 노력하셨는데, 나한테 딱 걸렸어.

"원래 자기 감정을 솔직하게 드러내지 않는 그런 분이니까."

—그렇지. 아, 맞다. 오빠, 나중에 여기 한번 들러. 원장님이 오빠 팀 숙소 사람들 먹으라고 밑반찬 많이 만들어뒀어. 그거 가지러 와.

"몸도 편찮으신 분이 그런 걸 왜 만들었대."

—오빠 챙겨주고 싶어서 그런가 보지. 아무튼 꼭 들러. 괜히 안 가져가면, 원장님 또 오빠한테 화낼지 모르니까.

"알았어. 모레 갈게."

—모레? 안 쉬어도 돼? 오빠 많이 피곤하지 않아?

"오늘의 피로가 내일까지 이어지지 않도록 관리를 하는 게 프로게이머의 자세 아니겠니."

—오~ 안 본 사이에 프로 마인드가 착실히 자리 잡았네. 보기 좋아. 그럼 내일 점심때 와. 같이 밥이나 먹게.

"알았어. 내일 보자."

전화를 끊은 후에 강민혀는 한동안 스마트폰 액정 화면을 계속해서 바라봤다.

자신의 꿈이 누군가에게 응원을 받고, 그리고 축하를 받는다는 일이 이렇게 기쁠 줄은 몰랐다.

보육원 아이들과 윤민아, 그리고 오연복 원장까지.

모두가 다 한마음 한뜻이 되어 강민허를 응원했다.

어쩌면 이들의 응원이 있었기에 힘든 경기를 소화해 낸 것일지도 몰랐다.

잠시 방에서 멍 때리는 와중에 한보석과 성진성이 강민허에게 다가왔다.

"응? 아직 안 잤어?"

한보석의 물음에 강민허가 머쓱한 미소를 선보였다.

"잠이 안 와서. 형은? 시간도 늦었는데 슬슬 자야지."

"왠지 나도 잠이 안 오더라고. 네 경기 봐서 그런 것일지도 모르겠다."

"내 경기가 왜?"

"모르겠어. 내가 경기한 것도 아닌데 마치 내가 무대에 올라가서 경기한 것처럼 왜 이리도 피곤한지… 너 지는 경기들 나올 때마다 진짜 손이 파르르 떨리더라. 나뿐만이 아니라 여기 숙소에 있는 선수들 모두가 다 그랬어. 네가 응원하기만을 진심으로 바라고 간절히 기원했지. 여기 진성이도 마찬가지고."

성진성은 본인이 언급되자, 얼굴을 붉히면서 괜히 딴소리를 내뱉었다.

"난 그저 분위기에 휩쓸려서 응원했을 뿐이라고."

"고마워, 형."

"고맙긴 개뿔. 아무튼… 우승 축하한다. 그리고 고생 많았어."

강민허와 성진성의 첫 만남은 결코 좋지 않았다. 그러나 지금은 달랐다.

사실 이번 우승에게 큰 보탬이 되어준 또 다른 사람이 바로 성진성이었다. 마침 도백필이 주로 사용하는 캐릭터와 클래스가 겹치기도 했기에 성진성은 강민허의 메인 연습 상대가 되어주면서 적극적으로 강민허를 도왔다.

그 결과.

강민허는 로열로더가 되었다.

첫 출전에서 우승까지 거머쥔 슈퍼 루키!

강민허는 이런 성진성에게 뭔가 보답을 해주고 싶었다.

"진성이 형."

"왜."

"모레, 한가해?"

"나야 한가하지. 바쁜 게 더 이상하지 않냐. 프로 리그 일정도 없고. 개인 리그 일정도 없는데."

"그럼 나랑 같이 어디 좀 가자."

"어디?"

"보육원."

"…엥?"

순간 성진성은 자신의 귀를 의심했다.

"내가 왜?"

"원장님이 숙소 사람들 먹으라고 밑반찬을 많이 만들어뒀나 봐. 내일 그거 가지러 오라고 연락 받았는데. 짐꾼이 한 명 더 필요할 거 같아서."

"미친. 너, 나를 짐꾼으로 이용하려고 데려가려는 거였냐?! 웃기는 소리! 절대로 안 간다! 안 가!"

"민아가 있는데도?"

"……."

갑자기 성진성의 표정이 180도 바뀌었다.

윤민아를 볼 수 있다면 이야기가 많이 달라진다.

"…민아 씨도 있냐?"

"없을 리가 없지."

"가면 만날 수 있는 거야?"

"만날 수 있는 거니까 형한테 말하는 거잖아."

"그, 그래?"

성진성의 입꼬리가 씰룩거렸다. 한눈에 봐도 기뻐하고 있는 감정이 전해졌다.

역시 성진성에게 윤민아란 이름은 특효약이었다.

헛기침을 한 성진성은 퉁명스러운 말투를 유지했다.

"어흠! 뭐, 까짓것 할 일도 없으니까 도와주러 가주마. 우리 숙소 사람들을 위해 가져온다고 하는데. 선의를 베풀도록 하지."

"역시 형이야."

강민허는 엄지를 추켜올려 줬다. 한편, 두 남자의 대화를 듣고 있던 한보석은 어이가 없다는 듯이 웃음을 흘렸다.

*　　*　　*

다음날 아침.

결승 무대를 치렀음에도 불구하고 강민허는 8시라는 이른 시간에 눈을 떴다.

허태균 감독은 일찍 일어난 강민허에게 말했다.

"더 자지 그랬냐. 어제 큰 고생 했는데."

"그냥 눈이 떠지더라고요. 눈 뜨고 나니까 잠도 안 오고 그래서 그냥 일어났어요."

"하여튼 부지런한 녀석이라니까."

허태균 감독은 강민허를 대견하게 여겼다.

성공하는 데에는 다 이유가 있었다.

"맞다."

허태균 감독은 다른 이야기를 꺼냈다.

"어제 너, 우승했잖냐."

"그렇죠."

"앞으로 여기저기서 인터뷰, 프로그램 출연 요청 많이 들어올 거다. 원래는 너를 프로 리그에 바로 투입하고 싶었지만, 그래도 그 일정 다 소화하고 개인 방송까지 하려면 스케줄 지옥이 될 거 같으니까 어느 정도 일정 정리된다 싶어지면 그때 프로 리그에 투입하는 걸로 하마."

"지금 저희 팀 순위가 어떻게 되죠?"

"8위."

"하위권이네요."

"그래도 꼴찌가 아닌 것만으로도 어디냐."

2부 리그가 아닌 1부 리그는 중요하다.

허태균 감독은 이번 프로 리그에 사력을 다할 생각이었다.

때마침 개인 우승자도 배출했으니. 여기에 프로 리그에서 좋은 성적을 거두기까지 하면, 그야말로 ESA 팀에게 있어서 최고의 한 해가 될 것이다.

스폰서도 기대를 많이 하는 눈치였다.

기세를 탔을 때, 이 흐름을 쭉 이어가는 것이 굉장히 중요하다.

강민허도 프로 리그 엔트리에 욕심을 내고 있었다.

"뭣 하면 절 바로 투입시켜 주셔도 되는데."

"아니, 그건 안 돼. 선수 관리는 감독의 중요한 업무인데, 그 관리를 소홀하게 할 수는 없지. 네 열의가 높다는 건 잘 알지만, 그래도 당분간은 참아라. 그리고 다른 애들도 열심히 하고 있으니까 팀원을 믿어."

"그렇군요. 알겠습니다. 감독님 말씀에 따를게요."

프로 리그는 개인 플레이가 아닌 팀 플레이이다.

팀원을 믿는 마음이 중요하다.

강민허는 특별히 외부에 나가 스케줄을 소화하기보다는 숙소에 남아서 그동안 미뤄뒀던 중요한 일정을 치렀다.

바로 휴식이다.

방에 누워서 영화나 만화를 보거나, 아니면 자거나.

이런 식으로 시간을 계속 때웠다.

그러다 보니 시간은 어느 새 저녁이 되어 있었다.

"방송할 시간이네."

우승 이후 단 한 번도 방송을 켜본 적이 없던 강민허.

공식 방송 스케줄보다 1시간가량 일찍 방송을 켰다.

강민허가 방송을 켜자마자 사람들은 득달같이 모여들기 시작했다.

방송 이후 처음으로 사람들과 마주 서는 자리였기 때문에 그를 향한 관심은 뜨거울 수밖에 없었다.

강민허가 등장하자마자 채팅창은 강민허의 우승 축하 메시지로 도배되었다.

Honey432: 우승 축하해요!!!

열쏘쏘: 어제 경기 봤어요. 완전 대박이었음!!!

제왕의빛: 우승 ㅊㅋㅊㅋ!!

열띤 축하 메시지.

이에 뒤지지 않을 정도로 후원금도 빵빵 터졌다.

"에… 소교 님, 50만 원 후원, 감사합니다. 그리고… 닉네임이 한자네요? 중국분이신가? 후원 감사합니다. 영어 닉네임분도 후원금 주셨네요. 미국분이신가?"

세계 각국에서 강민허의 우승을 축하하는 후원금이 쇄도

했다.

후원 목록이 너무 길어서 차마 다 읽어주지 못할 정도였다.

한 명, 한 명씩 다 닉네임을 불러주고 싶었지만, 그렇다고 'xxx 님, 감사합니다'라는 말로 방송 시간을 전부 다 때울 수는 없었다.

게임 전문 방송인이라면, 게임은 해야 하지 않겠나.

적당히 커트하는 게 좋아 보였다.

"후원은 이제 막아두도록 할게요. 오늘 그냥 쉬면서 이것저것 다른 게임들도 좀 많이 건드려 보려고 했는데, 계속 이러다간 게임 한 번 못 켜고 방종해야 할 거 같아서요. 보니까 익팀에서 세일하는 게임들이 엄청 많더라고요. 그동안 로인 이스 온라인만 해서 무진장 지겨웠는데, 다른 게임도 좀 해볼게요. 게임 추천받습니다."

추천받는다는 말에 시청자들이 선호하는, 혹은 강민허가 꼭 해줬으면 하는 게임 제목들이 채팅창을 가득 채우기 시작했다.

인기가 너무 많아도 탈이다. 우승 여파 덕분에 10만 명 넘는 사람들이 일제히 채팅을 쳐대니. 렉이 걸릴 지경이었다.

강민허가 사용하는 방송용 컴퓨터는 결코 사양이 낮은 편이 아니었다. 고사양 중에서도 초 고사양이다. 그럼에도 불구하고 렉이 걸릴 정도였으니. 채팅창 화력이 얼마나 강했는지 충분히 알 수 있는 대목이었다.

짧고 간단한 게임 몇 개를 하면서 시간을 보낸 강민혀.

방종까지 남은 시간 30분 동안은 다시 결승 경기 후기썰을 풀면서 시청자들과 대화하는 시간을 가졌다.

"질문하고 싶으신 거 있으면 언제든지 물어보세요."

눈에 띄는 질문이 하나 있었다.

2 대 2 상황이 놓여 있을 때. 어떤 기분이 들었는지.

강민혀는 이 질문에 대해 간단하게 답했다.

"그냥 별다른 생각은 안 들었어요. 저는 2 대 2까지 몰릴 거라고 충분히 예상을 했었기 때문에 그렇구나 하고 넘겼죠. 사실 경기를 할 때 평정심을 누가 먼저 잃어버리느냐. 아니면 누가 끝까지 평정심을 유지하느냐. 이 싸움이거든요. 어느 한 쪽의 페이스가 무너져 버리면, 그 경기는 패배로 이어집니다. 마지막 경기 보신 분들은 아시죠? 페이스 한번 말리니까 제가 계속 도백필 선수에게 공격을 허용한 모습을요."

그때는 솔직히 강민혀도 지는 줄 알았었다.

라이트닝 어퍼가 빗나갔을 때. 특히나 그때의 절망감은 이로 말로 표현할 수가 없었다.

그럼에도 강민혀는 마지막까지 포기하지 않고 끝까지 아껴 뒀던 최후의 비기를 날렸다.

그리고.

그 비기는 제대로 통했다.

멋지게 도백필의 캐릭터를 공중으로 띄웠고, 거기서 지금까지 단 한 번도 보여준 적 없는 환상의 콤보로 마무리를 지었다.

지금도 강민허의 콤보 동영상은 각 커뮤니티에 널리 퍼져서 크나큰 화자를 낳고 있었다.

다음 질문은 좀 특색이 있었다.

"끝나고 도백필 선수랑 무슨 이야기했었냐고요? 별 이야기 안 했어요. 그냥 서로 수고했다 정도로 마무리를 지었죠. 그러고 보니 결승전 끝나고 따로 사석에서 만난 적은 없네요."

결승전 이전에도 강민허는 도백필과 사적인 자리를 가진 기억이 없었다.

어쩌다가 스케줄이 겹칠 때. 그때나 서로의 안부를 가볍게 묻고 인사를 나누는 정도의 관계였다.

"또 다른 질문 있나요?"

질문 타임에 갑자기 후원금과 함께 메시지가 전달되었다.

E9도백필: 프로 리그 때 나오시나요?

닉네임이 굉장히 신경 쓰였다.

강민허는 혹시나 하는 마음으로 물었다.

"방금 후원금 보내주신 분, 진짜 도백필 선수인가요, 아니면 그냥 닉네임만 그렇게 만든 사칭인가요?"

채팅으로 하면 묻힐 가능성이 있다. 그걸 잘 아는 모양인지 이번에도 도백필의 이름을 닉네임으로 만든 유저는 후원금 메시지를 통해 강민허와의 대화를 시도했다.

E9도백필: 찐입니다.

메시지와 동시에 채팅창은 다시 한번 불타오르기 시작했다.

정말로 도백필이라면, 결승 무대가 끝난 이후 강민허와 처음 만나는 자리가 되는 것이다.

물론 대면한 게 아닌 온라인상에서만 만난 거가 다였지만 말이다.

강민허는 스마트폰을 들어 보였다.

"저, 도백필 선수 전화번호 저장되어 있는데. 진짜가 맞다면 톡 보내주실 수 있나요?"

잠시만 기다리라는 말과 함께 사라진 E9도백필.

이후, 강민허의 스마트폰이 짧게 진동했다.

[도백필: 저 맞습니다. ㅎㅎㅎ]

진짜였다.

강민허는 가짜라고 생각을 했었다. 왜냐하면 이전까지도 도백필을 사칭하는 유저들이 많았기 때문이었다.

그런데 설마 본인한테서 직접 톡이 올 줄이야. 더 이상 의심할 여지가 없었다.

강민허는 스마트폰을 다시 내려놓고서 입꼬리를 말아 올렸다.

"찐 맞네요. 아까 질문이… 프로 리그 참가를 묻는 거였죠? 말씀드리고 싶은데, 아직 정해진 게 없어서 차마 이 자리에서 다 공개는 못 할 거 같습니다. 미안합니다, 도백필 선수. 후원금까지 보내주셨는데, 원하는 답변을 들려 드리지 못해서."

그럼에도 도백필은 다시 한번 후원금 메시지로 괜찮다는 말을 건넸다.

도백필도 강민허가 공개된 자리에서 프로 리그 참가 여부를 대놓고 말해주지 않을 거란 생각은 하고 있었다.

그냥 강민허가 방송하고 있는 방에 들어왔다 보니 반가워서 생색을 낼 겸해서 물어본 것에 불과했다.

강민허도 도백필이 자신의 방송을 찾아와 준 건 이번이 처음으로 알고 있었다.

"후원금도 많이 보내주셨는데, 나중에 따로 만나서 술이나

한잔하죠. 제가 사겠습니다."

강민허가 먼저 제안을 했다. 도백필 역시 오케이라고 답했다.

강민허와 도백필의 술자리. 시청자들은 두 사람이 만나는 순간을 벌써부터 기대하기 시작했다.

몇몇은 그 자리를 인방으로 생중계해 주면 안 되겠냐는 문의까지 했다.

그러나 도지석은 확답을 줄 수 없었다.

"생중계까지는 생각을 좀 해봐야겠네요. 왜냐하면 저만 나오는 게 아니니까요. 만나서 도백필 선수랑 이야기를 좀 해본 다음에, 도백필 선수가 오케이하면, 그때 방송 켜도록 하겠습니다. 그 정도는 괜찮죠?"

시청자들은 수긍하는 분위기였다.

방종 직전에 도백필의 깜짝 등장으로 인해 이야기가 더 길어지게 되었다.

본의 아니게 원래 생각했던 방종 시간보다 10분가량 늦어지게 되었다.

그래도 기분 좋은 방송이었다.

강민허의 기분을 좋게 만든 가장 큰 요소는 역시 많은 후원금이었다.

거의 역대급이라고 할 수 있을 정도로 강민허는 많은 후원금을 받았다. 정산을 해봐야 알겠지만, 못해도 백 단위는 받은 거 같았다.

개인 방송에서 터지는 후원금도 후원금이지만, 우승한 이후 허태균 감독이 말했던 것처럼 강민허를 원하는 여러 프로그램에서 출연 요청이 쇄도했다.

그중에서도 강민허의 호기심을 자극하는 제안은 바로 광고 제의였다.

특히 IT 관련 제품을 주로 판매하는 업체는 강민허를 홍보 모델로 하는 것을 간절히 바랐다. 지금 당장 들어온 홍보 모델, 광고 제의만 다섯 개.

이건 나중에 허태균 감독과 따로 일정 조율을 하면서 어떻게 할지 맞춰보기로 했다.

늦은 시간. 슬슬 자야 할 타이밍이 되었다.

"안 그래도 내일, 보육원도 가봐야 하니까. 슬슬 잘까."

오랜만에 보육원 아이들과 윤민아, 오연복 원장을 볼 생각이 강민허는 쉽게 잠에 들지 못했다.

* * *

ESA 숙소에서 일찍 일어나기로 소문이 난 팀원이 있다.

바로 강민허다.

강민허는 평소에도 다른 팀원들에 비해 굉장히 일찍 일어나는 생활 패턴을 자랑했다.

그러나 오늘은 성진성의 부지러움이 강민허보다 한 수 위를 자랑했다.

“일어났냐?”

“…뭐 해? 형.”

화장실을 독점하다시피 하는 성진성.

이미 그는 눈을 뜬 지 1시간이나 지난 상태였다. 일어나자마자 성진성은 목욕재계를 하고 깔끔하게 면도를 한 후에 머리에 왁스까지 바르면서 스타일링에 많은 신경을 쏟고 있는 중이었다.

상황이 이렇다 보니 ESA 팀원들은 성진성이 정신이 나간 게 아닐까 하는 의심을 할 수밖에 없었다.

성진성은 강민허에게 이렇게 답했다.

“오늘, 민아 씨 만나러 가는 날이잖아. 이 정도 준비는 기본 아니겠냐.”

“기본은 개뿔. 그리고 머리 스타일, 완전 엉망으로 되었잖아.”

“요즘 유행하는 스타일이라던데?”

포마드펌을 따라한 것 같은 머리 스타일이었지만, 인터넷에서 쉽게 볼 수 있는 그런 예시 사진과는 상당히 동떨어진 머리를 하고 있었다.

즉, 대실패다.

"머리 감고 그냥 평소 하던 머리나 해. 아니면 모자 쓰고 가든가."

"어허! 민아 씨 만나는데 모자가 웬말이냐! 그보다 소파에 정장 하나 있는데, 그거 좀 봐줘라."

"설마 보육원 가는데 정장 입고 가려는 건 아니겠지?"

"그럴 생각이었는데?"

"…오 마이 갓."

강민허의 입에서 한숨이 연달아 뿜어져 나왔다.

어이가 없었다.

아무리 성진성이 윤민아에게 높은 호감을 가지고 있다 하더라도 그렇지, 정장까지 입고 간다는 건 오버 중에서도 오버였다.

결국 강민허의 원성을 듣고 나서야 성진성은 다시 평상시의 머리로 되돌아올 수 있었다.

둘은 강민허의 차를 타고 보육원까지 전속력으로 달렸다.

보육원에 도착하자마자 마당에서 뛰어놀고 있던 아이들이 강민허를 알아보고 종종걸음으로 다가왔다.

"와, 형이다!"

"민허 오빠!"

아이들의 순진무구한 웃음에 강민허도 절로 입가에 미소를 그렸다.

"다들 안 싸우고 잘 지냈지?"

강민허의 물음에 고개를 힘차게 끄덕이는 아이들.

소란스러움에 잠시 바깥으로 나온 윤민아는 강민허와 성진성의 방문을 그제야 알아차렸다.

"어머, 오빠 왔어? 아, 진성 오빠도 오셨네요!"

"오, 오랜만이야, 민아야. 하, 하하하!"

이제는 자연스럽게 오빠, 동생 사이가 된 성진성과 윤민아.

어색한 웃음을 흘리는 성진성을 보면서 강민허는 속으로 장난기 가득한 웃음을 삼켰다.

성진성의 리액션은 보는 이로 하여금 재미를 느끼게 만들어준다.

'진성이 형 데려오길 잘했네.'

보는 맛이 있는 남자. 그가 바로 성진성이다.

윤민아 앞에만 서면 순한 양이 되는 성진성.

숙소에 있을 때에는 매번 강민허를 못 잡아먹어서 안달인 그였지만, 윤민아만 있으면 성진성은 강민허에게 천사로 돌변한다.

강민허는 그 갭이 너무 재미있다. 그래서 일부러 성진성을 데려온 것도 있다.

하지만 무엇보다도 가장 큰 건 성진성이 강민허의 연습을 많이 도와줘서이지 않을까.

윤민아는 앞치마를 두르고서 바로 부엌으로 향했다.

강민허와 성진성에게 대접할 점심을 차리기 위함이었다.

부엌으로 다가간 강민허는 윤민아에게 물었다.

"애들은?"

"오빠 오기 전에 밥 다 먹여놨어."

"그래? 일찍 먹였네?"

"아침을 좀 일찍 먹었거든. 원래는 오빠 오면 다 같이 먹으려고 했는데, 애들이 그때까지 못 기다릴 거 같아서 미리 먹였어. 그리고 진성이 오빠도 왔는데, 애들이랑 같이 밥 먹으면 정신 하나도 없을 거잖아. 폐 끼칠지도 몰라서 그냥 따로 먹는 게 나을 거 같다는 생각이 들어서 일부러 일찍 먹였어."

"잘했어. 원장님은 식사하셨어?"

"응."

"뭐 드셨는데?"

"참치죽."

"아직 계속 편찮으신 거야?"

"컨디션이 베스트라고 말할 수는 없지만… 그것보다도 오늘은 그냥 입맛이 없으시대. 그래서 죽 드셨어."

"…그래?"

강민허는 자나 깨나 늘 오연복 원장 걱정뿐이었다.

강민허에게 있어서 그녀는 부모님이나 다를 바 없었다.

안 그래도 건강이 많이 안 좋으시다고 하니, 신경이 안 쓰일 수가 없었다.

오연복 원장은 몸이 아파도 티를 잘 내지 않는다. 그래서 더 신경이 쓰였다.

"원장님 건강 체크는 꼭 하고."

"오빠가 말 안 해줘도 알고 있어."

"그리고 애들 학비 같은 것은 필요하면 언제든 말해줘. 이번에 상금 많이 탔으니까. 내가 충분히 대줄 수 있어."

"우승 상금이 얼마인데?"

"세금을 얼마나 떼 갈지 모르겠는데, 여하튼 억대야."

"우와… 오빠, 부자 되겠네?"

"이미 부자야."

개인 리그 우승 상금도 상금이지만, 강민허에게는 그것보다 훨씬 든든한 수입원이 있었다.

바로 개인 방송에서 받는 후원이다.

강민허는 후원이 다른 방송에 비해 자주 터지는 방송이 아니다. 그러나 터질 때마다 금액이 다른 방에 비해 어마무시하게 크다.

즉, 큰손들이 많다.

한 번 받을 때마다 50만 원, 100만 원.

이렇게 받을 때가 수두룩하니. 강민허는 오히려 프로게이머를 관두고 전업 인터넷 방송인으로 전직하는 게 수익 창출에 더 많은 도움이 될지도 모를 것이다.

하나 강민허는 그렇게 생각하지 않았다.

개인 리그, 그리고 프로 리그에 나가서 꾸준히 자신의 인지도를 쌓았기에 개인 방송도 흥하는 것이다. 그래서 강민허는 프로게이머 생활에도 열중하는 모습을 보였다.

도백필을 꺾고 개인 리그에서 우승을 달성했다 하더라도 아직 프로 리그가 남아 있다.

2부 리그는 이미 우승했고, 개인 리그도 우승을 거머쥐었다.

이제 프로 리그에서 우승을 거머쥐면, 강민허는 3관왕이라는 영광스러운 자리에 등극하게 된다.

그전에 우승자가 누릴 수 있는 혜택. 바로 여기저기서 득달같이 몰려드는 방송 출연, 광고 제의 등의 일정을 소화해야 한다.

강민허는 그것들을 전부 다 거절할 생각이 없었다.

오히려 괜찮은 것들 몇 개 골라서 나갈 의향이 충만하게 있었다.

그런 일 또한 자신의 인지도를 올리는 데 중요한 역할을 하기 때문이다.

이미 잡힌 미팅만 두 자릿수에 달했다.

덕분에 허태균 감독은 여타 다른 팀 감독들보다 더 바쁜 일정을 보내야 했다.

강민허는 걸음을 옮겼다.

“잠깐 원장님한테 갔다 올게. 지금 안 주무시고 계시지?”

“응. 아까 오빠 왔다고 했을 때, 잠깐 문 열고 오빠 모습 멀리서 확인만 하고 다시 문 닫으셨어.”

“자는 척하는 건가.”

“그렇지, 뭐.”

윤민아는 피식 웃었다.

오연복 원장은 웬만하면 자신의 감정을 솔직하게 드러내지 않으려고 한다.

왜인지는 모른다. 그냥 강민허와 윤민아가 어렸을 때부터 쭉 그런 이상한 고집을 부려왔다.

강민허는 조심스럽게 오연복 원장이 있는 방문을 노크했다.

“원장님. 저 왔어요.”

“…….”

대답은 들려오지 않았다.

이미 오연복 원장이 안 자고 있다는 건 첩보원을 통해 확인했다.

강민허는 문고리를 잡아당겼다.

누워서 TV를 보고 있던 오연복 원장은 고개를 돌려 강민허를 응시했다.

"문 열라고 대답도 안 했는데 왜 멋대로 여냐."

"예전부터 이랬잖아요. 새삼스럽게."

"…흥."

오연복 원장은 태클을 걸지 못했다.

강민허의 말이 사실이었기 때문이다.

서로가 서로에 대해 너무 잘 안다.

그럴 수밖에 없었다.

같이 지내온 시간이 10년은 넘는다. 게다가 오연복 원장은 강민허와 윤민아, 그리고 보육원에 있는 아이들 모두의 부모 역할을 자처해서 홀로 이들을 키워냈다.

강민허는 오연복 원장에 대한 고마움을 아직도 간직하고 있었다.

"저, 우승했어요."

"…무슨 우승?"

"게임 대회에서요."

"샐러리맨이라고 나한테 거짓말 칠 때는 언제고."

"이미 다 아신다면서요? 심지어 결승 경기까지 다 보셨다고 들었는데요."

"누구한테?"

"민아가요."

"…하여튼 그 계집애는 입이 너무 싸서 문제란 말이야."

"너무 그러지 마세요. 민아는 원장님을 많이 챙겨주려고 그러는 것뿐이니까요. 원장님도 잘 아시죠?"

"……."

말은 험하지만, 오연복 원장은 그 누구보다도 이들을 사랑한다.

윤민아도 잘 알기에 오연복 원장의 틱틱거림을 가벼이 넘길 수 있는 것이다.

"보육원 운영비는 이제 걱정 안 하셔도 돼요. 저, 요즘 돈 많이 벌고 있거든요. 그러니까 필요하신 거 있으면 언제든 민아한테 말씀해 주세요. 제가 다 사드릴게요."

"…필요한 거 없다."

"지금 없어도 나중에 필요한 게 생기면 말씀하세요."

"……."

오연복 원장은 말을 아꼈다.

침묵의 시간이 흐른 뒤.

멀리서 윤민아의 '밥 다 됐어!' 소리를 듣고 나서야 강민혀는 자리에서 일어섰다.

"나중에 저 올 때는 같이 밥 먹어요. 먼저 식사하지 마시고요."

"네가 나 배고파지기 전에 오면, 생각해 보마."

"하하하, 알았어요. 일찍 올게요."

문을 닫아주려던 찰나였다.

오연복 원장은 아주 작은 목소리로 말했다.

"…우승 축하한다. 그리고 고생했어."

"……."

강민허는 말없이 미소를 지었다.

오연복 원장의 이 한마디만으로도 강민허의 피로가 사르르 녹는 듯했다.

* * *

식사는 강민허, 성진성, 그리고 윤민아. 이렇게 셋이서만 하게 되었다.

그러나 윤민아는 식사에 제대로 집중을 할 수가 없었다.

"태훈아! 내가 못 살아. 너, 옷 좀 그만 더럽히라고 누나가 몇 번을 말했어!"

애들을 돌봐주느라 한눈을 팔 수가 없었다.

성진성은 그런 윤민아의 모습을 보면서 안타까운 표정을 지었다.

"한창 친구들이랑 놀러 다녀야 할 나이인데. 뭔가 보기에 좀 그러네."

"나도 형이랑 같은 마음이야. 친구들이랑 노래방이나 쇼핑 좀 다니라고 돈을 보내줘도 자기 먹을 거, 입을 거 말고 애들 먹을 거, 입을 거만 신경 쓰니까. 한숨 나오더라고."

"그래도 그게 민아 씨의 좋은 점이지."

성진성의 말이 옳았다.

강민혀는 고개를 끄덕였다.

윤민아. 그녀는 강민혀 본인이 생각해도 자신에게 과분한 여동생이이었다.

물론 실제로 피가 이어진 여동생은 아니지만, 그래도 피보다 더 진한 끈으로 이어져 있었다.

강민혀가 악착같이 프로게이머 생활에 매진할 수 있었던 것도 윤민아의 몫이 컸다.

윤민아를 고생시키고 싶지 않아서.

그러나 아직 멀은 듯했다.

"좀 더 돈을 많이 모아서 민아하고 원장님 편하게 해드려야지. 그리고 애들도 학교생활 하는 데 불편함 느끼지 않게끔 지원해 주고."

"기특하네."

성진성은 정말 보기 드물게 강민허에게 기특하다라는 표현을 사용했다.

강민허도 의외였다.

"진성이 형이 날 칭찬하는 건 엄청 드문 일 아니야?"

"이 짜식이. 얌마. 나, 칭찬할 때에는 시원스럽게 칭찬해 주는 그런 형이야. 넌 지금까지 날 뭘로 본 거냐?"

"오기만 가득한 형으로."

"…민아 씨만 아니었다면. 어휴!"

결국 윤민아가 성진성의 약점이었다.

밥을 먹다가 애들을 돌보고, 다시 밥을 먹다가 애들을 돌보고.

윤민아의 고충에 참다 못한 성진성이 벌떡 일어섰다.

"민아 씨! 제가 애들 돌보고 있겠습니다! 식사하세요!"

"네?! 아, 괜찮아요. 손님한테 애들까지 돌보게 할 수는 없어요."

"제가 안 괜찮습니다! 그리고 저만 믿으세요. 이래 봬도 저, 애들한테 인기 많은 타입이거든요. 자, 애들아! 형이 놀아줄 테니까 이쪽으로 컴온, 컴온!"

성진성의 적극적인 어필 덕분일까. 아이들의 시선은 삽시간에 성진성에게 집중되었다.

빠른 시간에 밥을 다 먹어버린 성진성은 윤민아의 식사 시간을 벌어주기 위해 숭고한 희생(?)을 자처하고 나섰다.

성진성의 모습을 보던 강민허는 쓴웃음을 지었다.

“진성이 형, 진짜 못 말리는 사람이라니까.”

“그러게. 그래도 나쁘지 않은 분 같아. 오빠는 어떻게 생각해? 진성이 오빠가 오빠 막 괴롭히거나 그러진 않아 보이는데.”

“뭐, 착한 형이지. 너도 봐서 잘 알잖아?”

“응, 맞아.”

첫 만남은 비록 트러블이 많이 있었지만, 그래도 지금의 성진성은 강민허의 강력한 아군이자 동료가 되어주는 사람이다.

강민허는 성진성이 프로게이머로서 빛을 보게 되는 순간을 하루라도 빨리 맞이하기를 진심으로 바랐다.

그러기 위해선 이번 프로 리그 선발 명단에 이름을 올려야 한다.

‘돌아가면 빡세게 연습시켜야지.’

강민허의 머릿속에는 이미 프로 리그 정국에 대한 구상에 들어갔다.

한편, 강민허의 이런 모습을 바로 맞은편에서 지켜보던 윤민아는 의미심장한 미소를 지었다.

"민허 오빠. 예전에 비해서 그래도 뭔가 열심히 하려는 의지가 팍팍 느껴지네."

"의지?"

"예전에 오빠 모습, 기억 안 나? 뭐만 하면 멍 때리고. 의욕도 없어 보이고. 그냥 세월아 네월아 하면서 무념무상으로 살아가던 오빠 말이야. 근데 게임이라는 걸 만나게 되면서부터 오빠는 많이 달라진 거 같아. 물론 난 지금의 오빠가 더 좋아."

"…그래?"

사실 강민허는 윤민아에게 말하지 않은 게 있었다.

처음에는 게임이 재미있어서 시작하게 되었지만, 훗날 강민허는 게임을 통해서 거액을 거머쥘 수 있는 프로게이머라는 직업을 알게 되고 나서부터 상금을 1순위로 두기 시작했다.

평범하게 취직을 해서 월급을 받고. 월급쟁이의 삶으로는 보육원 운영에 많은 도움을 줄 수가 없다.

그래서 강민허는 힘들기로 소문이 난 프로게이머업계에 뛰어들었다.

물론 게임이 재미있어서라는 이유도 크게 작용했다. 그러나 강민허에게는 지켜야 할 사람들이 있다는 것 역시 적지 않은 요소로 작용했다.

하나 이 이야기는 윤민아에게 들려주고 싶지 않았다.

죽을 때까지 강민허 혼자만의 생각으로 가져가고 싶었다.

왜냐하면.

'창피하니까.'

그러면서 강민허는 속으로 웃음을 삼켰다.

'나도 원장님이랑 별반 다를 바 없네.'

제28장
스캔들

오연복 원장과 윤민아가 만든 반찬을 담은 통들을 차에 옮겨담기 시작하는 강민혀와 성진성.

트렁크 안에 가득 담긴 반찬통을 보면서 성진성은 헛웃음을 내비쳤다.

"값비싼 외제차 트렁크에 김치가 담기니까 기분 겁나 묘하네."

"뭐, 어때. 원래 차라는 게 이럴 때 사용하라고 있는 거 아니야?"

"그렇긴 하지만……."

강민혀는 딱히 상관 없다는 식으로 반응했다.

아무래도 비싼 외제차다 보니 트렁크에 김칫국이 흐르기라도 하면 큰일이지 않겠나. 그러나 강민혀는 그런 거에 전혀 신경을 쓰지 않았다.

어차피 강민혀는 돈이 많다. 나중에 차 한 대 더 뽑으면 그만이다.

반찬통도 다 실었으니. 이제 슬슬 출발해야 할 때가 되었다.

"그럼 우리 갈게."

강민혀가 윤민아에게 작별 인사를 고했다.

오연복 원장은 몸이 좋지 않아 나오질 못했다. 대신, 윤민아가 아이들을 데리고 강민혀를 배웅해 줬다.

"프로 리그는 나가는 거야?"

"나가기로 했어. 일정 조율되는 대로 바로 투입될 거라고 감독님께서 말씀해 주시더라."

"바쁘네, 오빠."

"바쁜 게 오히려 좋아. 그리고 일한다는 개념보다 뭐라고 해야 되나. 오히려 나는 놀러 간다는 느낌이 더 강하게 들더라고. 게임하러 가는 거잖아?"

"오빠도 참."

어이가 없는 웃음을 흘리는 윤민아였다.

옆에서 강민허의 이야기를 들은 성진성은 더욱 어이가 없었다.

성진성은 현직 프로게이머다. 물론 강민허의 말을 전면으로 부정할 수는 없었다. 게임하러 가는 건 맞으니까.

하지만 프로게이머들은 공식 경기를 가질 때마다 즐긴다는 느낌보다 스트레스를 더 많이 받는다.

그럴 수밖에 없었다. 공식 경기 한 번에 자신의 성적이, 자신의 몸값이 오르락내리락 하는 거니까.

이긴다는 확신이 없는 상태에서 경기에 나가는 것만으로도 선수들에게 엄청난 스트레스로 작용한다. 혹여나 지기라도 하면, 엄청난 비난의 목소리를 듣게 된다.

우리나라는 특히 승자만 기억하는 분위기가 짙게 깔려 있기 때문에 그 성향이 더 심하다.

하나 강민허는 달랐다.

애초에 마음가짐 자체가 다른 선수들과 차이가 많이 났다.

어쩌면 강민허의 이런 마음가짐이 높은 승률을 유지할 수 있는 비결일지도 몰랐다.

'나도 좀 더 즐겨볼까.'

성진성은 처음으로 그런 생각을 가지게 되었다.

*　　*　　*

보육원을 떠나 숙소로 돌아온 두 남자.

때마침 그들을 기다리고 있던 선수들이 곧장 마중을 나왔다.

"옮겨야 할 반찬 통은 이게 다야?"

ESA 팀의 주장, 최승헌이 강민허에게 재차 확인을 받았다. 강민허는 고개를 끄덕였다.

"예. 이게 다입니다."

"생각보다 많네. 보육원에서 해주신 거라고?"

"네. 원장님하고 민아가 했어요. 기억하시죠? 저번에 왔던 제 푼수 여동생."

"푼수까지는 잘 모르겠고. 진성이가 엄청 관심 있어 하는 여성분이라는 건 기억한다."

순간 성진성은 헛기침을 연달아 했다.

최승헌의 폭탄 발언 때문에 사레가 들린 탓이었다.

"그, 그걸 말씀하시면 어떻게 합니까?!"

"왜? 다들 아는 사실인데."

최승헌의 말에 팀원들이 키득키득 웃음소리를 자아냈다.

이미 숙소 내에선 소문이 다 퍼졌다. 성진성이 윤민아에게 이성적으로 관심을 많이 가지고 있다는 사실이 말이다.

최승헌은 마지막 남은 반찬 통을 집어 들었다.

"나중에 원장님하고 민아 씨한테 잘 먹겠다고 전해줘라."

"예. 그렇게 할……."

말을 이어가려던 찰나에 갑자기 강민허의 스마트폰이 진동했다.

"잠시만요."

먼저 양해를 구하고 스마트폰을 확인했다.

이화영으로부터 걸려온 전화였다.

"누구한테 온 전화야?"

최승헌이 관심을 보였다. 딱히 숨길 필요는 없다고 생각을 했기에 강민허는 있는 그대로 말을 해줬다.

"이화영 아나운서요."

"화영 씨?"

"네."

"화영 씨가 왜 너한테 전화를 해?"

"예전부터 가끔 어울려 다녔어요."

"그래? 애들한테 들은 말이 사실이었구나."

"무슨 말을 들었는데요?"

"아니. 너하고 화영 씨하고 사귀는 거 아니냐고 하던데."

이런 말을 충분히 들을 만도 했다. 스킨십만 안 했을 뿐이지, 사실상 보이는 행동으로 따지면 연인 관계가 아닐까 하는 의혹을 받기 충분했기 때문이었다.

그러나 강민허는 이 부분에 대해서는 단호하게 선을 그어야 할 필요성을 느꼈다.

"사귀는 단계까지는 아니에요. 그냥 친구예요."

"흠, 그러냐? 뭐, 아무런 관계가 아니라면 스캔들 소문 안 나게 조심해. 너는 그렇다 치더라도 보통 여성 쪽은 이런 기사 한 번, 한 번이 이미지에 많은 타격이 가해질지도 모르니까. 너도 잘 알지?"

"알다마다요. 주의하도록 하겠습니다."

최승헌의 발언은 귀 기울여 담을 필요가 있었다. 소위 '꼰대'라 불리는 성향이 짙어서 이런 말을 하는 게 아니다. 강민허와 이화영. 두 사람을 생각해서 하는 말이었다.

강민허도 그걸 잘 알고 있었기에 최승헌의 말을 새겨듣기로 했다.

* * *

잠시 자리를 피한 강민허는 통화 버튼을 눌렀다.

"여보세요."

—여보세요? 나 화영인데.

"무슨 일이야?"

—민허 씨, 혹시 내일 시간 한가한지 궁금해서. 요즘 엄청

바쁘지 않아?

"아직은 일정 조율 단계라서 한가해. 나중에 스케줄 다 짜이면 그때부터 바빠지겠지. 아마… 다음 주쯤?"

—역시. 바빠지기 전에 미리 일정 잡아두려고 전화했지. 우리, 같이 밥 먹기로 한 거 있었잖아?

"아, 그랬지."

이화영은 강민허와의 약속을 잊지 않고 있었다.

물론 강민허도 잊지 않은 채 기억하고 있었다.

안 그래도 강민허는 이번 주 내내 풀로 휴식을 취할 예정이었다. 이번 주라고 해봤자 3일밖에 남지 않았다.

그다음부터 강민허는 여기저기 불려 다니면서 개인 리그 우승자, 로열로더 강민허로서 일정을 소화해야 한다.

그 전에 푹 쉬어두는 게 좋다. 허태균 감독도 이번 주는 터치 전혀 안 할 테니 하고 싶은 대로 푹 쉬라고 말을 전달했었다.

"오케이. 내일 저녁, 괜찮지. 어디서 볼까? 내가 데리러 갈게."

—정말? 그래준다면야 고맙지.

이화영의 목소리는 한층 밝아졌다.

약속 일정을 물어보면서 내심 강민허가 그녀와의 데이트를 거절하면 어쩌나 조마조마하는 티가 났었다.

그러나 그 두려움은 강민허의 대답 한 방으로 싸그리 사라졌다.

강민허는 이화영과 만나는 게 재미있다.

남자로서 이화영 같은 미인과 단둘이 만나 시간을 보내는데, 어찌 기쁘지 않으랴.

너무 게임에만 매진했던 강민허.

이제는 못 해본 체험을 해보고 싶어지는 때가 도래했다.

*　　　*　　　*

평소에 비해 한껏 멋을 낸 강민허.

한보석은 그런 강민허의 모습에 혀를 내둘렀다.

“어디 데이트 나가?”

“오, 정확하네요. 어떻게 알았어요?”

“어떻게 알긴. 딱 봐도 보이는데, 뭘. 누구랑 가?”

“화영 씨요.”

“둘이 진짜로 사귀는 거야?”

“데이트한다고 반드시 둘이 사귀어야 한다는 법은 없잖아요.”

“하긴, 그렇지. 아무튼 잘 놀다 와. 그리고 스캔들 기사 뜰 정도로 너무 과하게 놀지 말고.”

“주장이랑 똑같은 말을 하네요.”

“걱정을 안 할래야 안 할 수가 없지.”

이화영과 놀다오겠다고 말을 꺼내면, 모두가 하나같이 전부 다 스캔들 걱정을 해줬다.

스캔들이 반드시 나쁜 것만은 아니다. 그러나 최승헌이 말했듯, 여성 쪽 이미지에 안 좋은 타격을 주는 여론이 형성되는 경우가 많기 때문에 가급적이면 선을 지키는 게 좋다.

차를 몰고 이화영이 기다리는 장소로 향했다.

이화영은 강민허의 차를 바로 알아봤다.

“빨리 왔네?”

“차가 안 막히더라고.”

이화영은 핸드백을 허벅지 위에 올려뒀다. 굉장히 짧은 치마 길이 덕분에 보조석에 앉자마자 허벅지 안쪽이 안 보이게끔 바로 가려야 했다.

강민허는 좌석 뒤쪽을 가리켰다.

“무릎 담요 있으니까 써.”

“어머, 센스 좋네? 혹시 나 말고 다른 여자들 많이 태우다 보니 이런 거 미리 준비해 두는 거 아니야?”

“그건 아니고. 예전에 어디 이벤트 행사 갔었는데, 사은품 남았다고 우리 팀원들한테 한 명씩 무릎 담요를 돌리더라고. 솔직히 남자가 무릎 담요 사용할 일이 많지는 않으니까. 그래서 뒷좌석에다 방치해 두고 있었어."

"땡큐. 잘 사용할게."

이화영은 강민허의 친절을 곧바로 받아들이기로 했다.

오늘의 데이트 코스는 이화영이 직접 짰다.

이제는 인기인이 되어버린 강민허. 길거리를 돌아다니면 10명 중 7명은 강민허를 알아볼 정도로 인지도가 많이 올라갔기 때문에 이화영은 가급적 인적이 드문 가게들만을 조사했다.

그 결과. 나름 나쁘지 않은 데이트 코스가 완성되었다.

영화를 보고, 식사를 즐긴 다음에 아이스크림 가게에서 디저트 타임을 즐겼다.

"오늘 들렀던 가게들, 어땠어?"

이화영은 강민허에게 소감을 물었다.

강민허 입장에선 답정너급인 질문이었다.

입맛에 안 맞았다고 한다면 분명 이화영에게 많은 실망감을 줄 것이다. 이화영이 열심히 조사하고 조사해서 선별한 가게들이다. 실제로 맛도 있었다. 성의를 봐서라도 강민허는 이화영이 만족할 만한 만점짜리 대답을 들려줘야 했다.

"내 입맛에 딱이었어. 다음에 또 오고 싶을 정도로 맛있었고."

"정말?"

이화영의 표정이 한층 밝아졌다.

이화영은 사적인 자리에서 만나면 표정이 굉장히 풍부한 여자가 된다.

감정을 숨기고 뭐고 그런 거 없이 얼굴에 다 드러난다. 아나운서 모드일 때와는 별개의 분위기를 연출한다. 이 갭에서 오는 매력이 상당하다.

결승 준비 때문에 그동안 미루어왔던 데이트를 했으니. 이화영은 소원을 푼 셈이었다.

이번 소원을 풀었으니, 이제 남은 건 하나뿐.

"가고 싶은 곳 또 있어?"

"이 시간에? 슬슬 들어가야 하지 않아?"

"아니, 다음 약속 또 잡고 싶어서."

굉장히 적극적인 멘트였다.

이 말인 즉슨, 또다시 데이트 일정을 짜고 싶다는 뜻이었다.

강민허는 당돌한 이화영의 어필에 속으로 웃음을 삼켰다.

한편으로는 그녀의 이런 모습이 귀여워 보이기까지 했다.

"다음 주에 일정 나오는 거 보고 조율해 보자."

"응!"

이화영은 밝은 미소를 선보였다.

같이 있으면 즐거운 사람.

강민허는 실로 오랜만에 이런 부류의 사람을 만나본 것 같은 기분이 들었다.

*　　　*　　　*

휴일의 마지막 날.

보육원에 들려서 오랜만에 모두의 얼굴을 보고, 그리고 이화영과 데이트까지 즐겼다.

충실한 휴식의 나날을 보내고 있던 강민허.

반면, 프로 리그에 참가하기로 예정되어 있는 선수들은 그야말로 피 말리는 연습의 시간을 거치는 중이었다.

바로 다음 주.

ESA 팀의 경기가 있을 예정이었다.

강민허는 마음 같으면 바로 프로 리그에 투입되고 싶었다. 그러나 허태균 감독의 허가가 있어야 엔트리에 이름을 올리는 게 가능했기에 지금 당장은 무리였다.

기지개를 펴면서 물을 마시기 위해 걸음을 옮기려던 찰나였다.

"민허야아아아아!!!"

갑자기 오진석 코치가 비명 소리를 내면서 뛰어왔다.

"너, 방금 기사 봤냐?!"

"어떤 기사요?"

강민허는 고개를 갸우뚱했다. 오진석 코치는 발을 동동 구르면서 본인의 스마트폰을 내밀었다.

액정 화면에 떠 있는 기사 제목이 강민허의 시선을 끌었다.

〈속보! ESA 강민허, 이화영 아나운서와 열애 중?!〉

"…오 마이 갓."

모두가 우려하던 사건이 터져 버렸다.

스캔들 기사가 일파만파 퍼지기 시작했다.

최초로 올라온 기사에는 기사문뿐만 아니라 사진까지 같이 업로드되어 있었다.

사진은 며칠 전, 강민허와 이화영이 저녁에 데이트를 즐기던 모습 중 한 장면을 찍은 것이었다.

기사를 살펴보던 강민허를 짧은 소감을 들려줬다.

"사진 잘 찍었네요."

"지금 태연하게 그런 말이나 하고 있을 때냐?!"

오진석 코치는 여유가 넘치는 강민허와 다르게 패닉 상태에 빠져들었다.

"그렇게나 조심하라고 일렀건만! 이제 어쩔 거냐?!"

"어쩌긴요. 아니라고 대응을 해야죠."

"하, 진짜… 돌아버리겠네, 증말!"

스캔들 기사에 굉장히 민감하게 반응하는 오진석 코치였다.

반면, 나선형 코치는 오진석 코치와 다른 반응을 보였다.

"뭐, 우리 애들도 혈기왕성한 남자애들인데. 여자 좀 만나고 그럴 수 있지, 뭐. 그리고 우리 숙소가 연애 금지를 규칙으로 정해둔 것도 아니고. 안 그러냐?"

"아니, 우리는 솔직히 상관없는데. 저쪽에서 뭐라고 할까 봐 그게 문제지."

"흠, 그건 맞는 말이긴 해."

이화영이 문제였다.

실제로 사귀는 사이가 아닌데, 다른 남자와 스캔들이 나면 여자 입장에선 중대한 이미지 타격을 입는 꼴이 된다.

"화영 씨한테 전화해서 물어볼까요?"

강민허는 본인의 스마트폰을 들면서 물었다. 오진석 코치는 그런 강민허의 모습에 진심으로 놀랐다며 말을 보탰다.

"너, 진짜 대단하다."

"왜요?"

"전화하기 무섭지도 않냐?"

"무서울 게 뭐 있나요? 이거 전화한다고 도백필 선수랑 다시 결승전 매치가 성사되는 것도 아닌데."

"가져다가 붙이는 말이 좀 이상하긴 한데……."

웃긴 건 맞는 말이라는 것이었다.

오진석 코치가 말한 건 얼굴 보기 민망하지 않냐는 뜻이었다. 그러나 강민허는 그런 걸 전혀 느끼지 않는 듯했다.

어차피 서로 전화는 주기적으로 해야 한다.

스캔들 기사에 어떻게 대응할지.

이것을 가지고 소속사들끼리 말을 맞춰야 할 필요가 있기 때문이었다.

전화를 걸자마자 이화영은 강민허의 전화를 바로 받았다.

—전화 걸어올 줄 알고 있었어.

"기사 봤지?"

—응. 미안해. 괜히 나 때문에…….

"괜찮아. 그런 걸로 미안해할 필요 있나. 그보다 코치님이 앞으로 어떻게 할 것인지 서로 말을 맞추자고 하시던데."

—민허 씨는 어떻게 하고 싶어?

의외의 질문이었다.

어떻게 하고 싶다니. 보통은 부정해야 하는 게 옳은 거 아닌가.

그러나 강민허는 이화영의 방금의 발언에서 뭔가 다른 감정을 느꼈다.

"화영 씨 소속사는 뭐라고 했어?"

—내 의사에 전적으로 맡기겠다고 했어. 이건 내 개인적인 문제이기도 하니까.

"그래? 그럼 혹시 지금 만날 수 있을까?"

—지금?

"원한다면 내가 회사로 찾아갈게. 아니면 다른 사람들의 눈을 피해 둘만 만날 수 있는 장소가 따로 있을까?"

—그렇다면 우리 집으로 올래?

"응?"

오늘따라 강민허는 이화영의 입에서 전혀 예상치 못한 대답들을 유독 많이 듣게 되었다.

뜬금없이 본인의 집으로 오라니.

"혼자 사는 거 아니야?"

—맞아.

"내가 집에 불쑥 찾아가도 돼?"

—민허 씨라면… 괜찮아.

한편. 강민허의 통화 내용을 전혀 듣고 있지 못하는 오진석 코치는 강민허가 아까부터 이상한 말을 들려주는 덕분에 패닉 상태가 더욱 가중되고 있었다.

"도대체 무슨 말을 주고받는 거냐?! 집으로 찾아간다니. 그건 또 뭔 말이야?!"

"조용히 좀 계세요, 코치님."

오죽하면 강민허가 오진석 코치에게 주의를 다 주겠나.

통화에 전념하느라 바쁜 강민허를 대신해 나선형 코치가 오진석 코치를 말렸다.

"일단 통화 끝나고 묻도록 하자. 지금은 바빠 보이니까."

"하, 돌아버리겠네!"

전후 사정을 모르는 오진석은 답답한 듯 본인의 가슴을 몇 번 세차게 두드렸다.

반면, 나선형 코치는 강민허와 같이 여유로운 표정으로 일관했다.

"갑자기 팀이 폭삭 망한 것도 아닌데. 너무 과민 반응 하는 거 아니냐, 진석아. 커뮤니티 돌아보니까 오히려 사람들은 선남선녀 커플이라면서 좋아하고 그러던데."

"좋아해 준다면야 이쪽도 기쁘긴 한데… 그치만 저 두 사람, 실제로 사귀는 사이 아니잖아?"

"그래도 서로 호감은 가지고 있는 거 같으니까. 기왕 이렇게 된 거, 이번 일을 계기로 좋은 만남을 가져보기로 하는 것도 나쁘지 않아 보이던데."

"너는… 남의 일이라고 그렇게 막말해도 되냐."

"뭐 어때. 화영 씨하고 민허가 안 어울리는 것도 아니고."

"……."

나선형 코치는 상당히 유동적이고 개방적인 마인드를 지녔다.

그러나 오진석 코치는 달랐다.

조금의 트러블이라도 발생하면 안 된다는 게 그의 코치 생활의 철칙 중 하나였다.

허태균 감독은 두 사람의 중간 지점에 위치한 사람이다.

일단 서로 만나기로 합의를 보게 된 강민허.

통화를 마친 후에 강민허는 오진석 코치와 나선형 코치에게 이렇게 말을 전했다.

"저, 화영 씨 집 좀 다녀올게요."

"지지지지지지집을 간다고?!"

오진석 코치는 말을 더듬었다. 스캔들이 벌어진 상황에서 강민허가 이화영의 집에 갔다는 소식이 알려지기라도 한다면, 그건 더 이상 돌이킬 수 없는 일로 번지는 것과 마찬가지인 셈이었다.

"너, 지금 상황이 얼마나 심각한지 모르나 본데, 이건 말이다……."

"알고 있어요. 코치님."

강민허는 진지한 표정으로 답했다.

"어떤 상황인지 잘 아니까 이런 결정을 내린 거예요."

"……."

"조만간 좋은 소식 가지고 돌아올 테니까 기다리고 계세요. 그럼 이만."

강민허가 나가고 난 뒤.

오진석 코치는 혼잣말을 뱉었다.

"좋은 소식이라니. 그게 뭔데?"

"뻔하지 않냐."

나선형 코치는 이미 강민허가 그 말을 하는 단계에서 눈치를 챘다.

"오늘 저녁은 회식이겠고만."

*　　*　　*

강민허는 차를 몰고 이화영이 알려준 주소로 향했다.

고급진 빌라들이 가득한 곳이었다.

현관으로 다가가 이화영이 머물고 있는 302호를 호출했다.

문이 열림과 동시에 강민허는 지체없이 바로 302호로 향했다.

문을 열어주면서 강민허를 맞이하는 이화영.

"어서 와. 차 많이 막혔어?"

"아니, 전혀."

제아무리 강민허라 하더라도 여자 혼자 사는 집에 들어가는 건 망설여졌다. 그런 강민혁의 기분을 알아차린 모양인지 이화영은 재차 그를 독촉했다.

"괜찮아. 들어와도 돼."

"후회하기 없기다?"

"후회할 생각이었더라면 애초에 내 집으로 오라는 말도 안 했을걸?"

"하긴, 그렇지."

집주인의 허락을 받은 뒤에야 강민혁는 걸음을 옮길 수 있었다.

상당히 큰 집이었다. 셀리아가 머물고 있는 집보다도 더 커 보였다.

"이곳에 정말로 혼자 사는 거야? 혼자 살기에는 너무 큰데?"

"아빠가 구해준 집이라서 어쩔 수 없이 여기에 살고 있어. 작은 집이라도 괜찮다고 그렇게 말했는데, 여기가 아니면 안 된다고 한사코 말려서 거의 강제로 여기에 있는 거야."

"아버님이 돈이 많으신가 보네."

"몰랐어? 제화식품 상무님이신데. 할아버지가 대표로 계시고."

"어, 그래?"

몰랐다.

혹시 몰라서 인터넷을 검색해 보니, 이화영과 제화식품의 관계는 이미 인터넷에 널리 알려져 있는 정보였다.

강민허만 몰랐다.

부잣집 아가씨라는 티가 너무 안 나는 행동들을 보여서 그런지 더욱 감을 잡을 수가 없었다.

스캔들 덕분에 강민허가 몰랐던 이화영의 새로운 점을 알게 되었다. 물론, 그렇다고 이 상황을 매우 긍정적으로 바라보고 있다는 뜻과는 별개였다.

"스캔들에 대해 의논하려고 왔는데."

"그 전에 잠깐만. 커피 마실래? 아니면 물 줄까? 차도 있어."

"커피로. 차가운 걸로 부탁할게."

"응, 알았어."

긴장감이라고는 하나도 찾아볼 수 없는 대화 형태였다.

강민허는 '여성 연예인이 스캔들에 휘말리면 보통 이화영처럼 태평하게 반응하는 건가?'라는 의구심이 들 정도였다.

원래 강민허가 예상했던 것과 다른 반응이었다.

오히려 강민허가 집을 방문했다는 사실에 기뻐하기까지 하는 듯했다.

"자, 여기 커피."

"땡큐."

얼음까지 떠 있는 차가운 커피를 마시는 강민허.

달달한 맛이 강민허의 입맛에 딱이었다.

“스캔들은 어떻게 할 거야?”

강민허가 먼저 본론을 꺼냈다.

순간 이화영의 행동이 멈췄다.

생각을 안 했을 리는 없다. 본인의 일인데. 그리고 이화영의 소속사는 이화영 본인의 의사에 따르겠다는 말까지 했다.

이화영이 결정을 내려야 한다.

한숨을 내쉰 이화영은 강민허를 지그시 바라봤다.

“솔직히 난 오히려 기사가 나서 잘됐다는 생각을 하고 있어.”

“오늘따라 네 입에서 폭탄 발언을 굉장히 많이 듣는 기분이 드네.”

“기분만 그래?”

“……”

강민허는 눈치가 없는 남자가 아니었다.

이화영이 여기까지 말을 했다는 게 무엇을 뜻하는 것인지. 강민허가 모를 리 없었다.

그녀는 간접적으로 고백을 해온 것이다.

하지만 스트레이트로 표현하진 않았다. 아니, 못 했다.

왜냐하면.

부끄러우니까.

애써 그런 속마음을 감추는 이화영의 모습에 강민허에겐 그저 귀엽게 보였다.

이화영은 괜찮은 여자다. 솔직히 강민허도 이화영에게 어느 정도 호감을 가지고 있는 게 사실이었다.

만약, 호감을 가지지 않았더라면 주기적으로 데이트 같은 것도 안 했을 것이다.

그럼에도 불구하고 여태껏 강민허가 속내를 드러내지 않았던 이유가 있었다.

바로 명확한 목표가 있었기 때문이었다.

도백필을 꺾고 강민허가 최강의 자리에 올라선다.

그 목표 하나만을 바라보고 있었기에 다른 일에 웬만하면 신경을 쓰지 않으려 했다.

그러나 강민허는 이제 목표를 달성했다.

물론, 프로 리그라는 과제가 아직 남아 있긴 했다.

프로 리그에서 우승을 해 ESA를 최강의 팀으로 올려놓는다. 그것이 강민허의 또 다른 목표였다.

하지만 개인 리그 우승처럼 독기를 품고 욕심을 낼 만한 목표는 아니었다.

도백필과의 대전이 본론이었다면, 프로 리그는 외전 같은 느낌이었다.

이제는 한숨 돌릴 차례가 된 강민허.

동시에 이화영에 관련된 일에 신경을 써야 할 때가 되었다.

강민허는 의미심장한 미소를 지었다.

“사실 내가 자신 없어 하는 분야가 하나 있어.”

“뭔데?”

“연애. 왜냐하면 지금까지 단 한 번도 여자 친구를 제대로 사귀어본 적이 없거든.”

“나도 그래. 그러니까 서로 맞춰가면 될 거야.”

분위기가 점점 무르익어가기 시작했다.

한마디.

좋아한다는 고백의 한마디가 바로 마무리를 지을 수 있는 스킬이 될 것이다.

상대가 도백필이었을 때에는 거침없이 몰아붙였던 강민허.

그러나 연애는 게임과 다르다.

강민허는 용기를 내기로 했다.

지금까지 숱하게 용기를 내왔던 강민허다. 이번에도 강민허는 물러설 생각이 전혀 없었다.

오히려 솔직한 마음을 담아 정면으로 부딪치기로 했다.

“우리, 사귈까?”

이화영은 이 말이 듣고 싶었다.

이 말을 듣기까지 얼마나 오래 기다렸을까.

이화영은 이렇게 답했다.

"스캔들 기사 나간 거, 열애설 인정으로 수정해 달라고 전화해 둘게."

이렇게 해서 두 사람은 새로운 인연으로 다가서게 되었다.

제29장
스타가 된 프로게이머

허태균 감독은 숙소로 돌아온 강민허를 보면서 쓴웃음을 지었다.

"사귀기로 했구나, 결국."

"예."

"그래, 잘했다. 솔직히 보면서 두 사람, 잘 어울린다고 생각했었어. 스캔들 기사 터지고 나서 열애설을 인정하는 건 좀 그렇긴 하지만, 그래도 뭐. 이것으로 잡음이 없어지게 되었으니 좋지."

허태균 감독은 허탈한 기분도 없지않아 있었다.

안 그래도 허태균 감독은 여기저기 미팅을 하면서 머릿속으로는 끊임없이 '강민허의 스캔들 사건을 어떻게 해결해야 하나?'에 대한 의문을 품고 있었다.

해결 방안도 나름 구상을 했었다.

그러나 강민허는 더 깔끔한 해결 방식을 들고 나타났다.

사귀면 그만이지 않은가.

상당히 화끈한 해결 방법이었다.

여하튼 이로 인해서 강민허와 이화영은 공식적으로 커플이 되었다. 팬들도 두 사람의 열애설 인정을 비난의 목소리보다 축하의 목소리로 가득 채웠다.

애초에 강민허와 이화영, 두 사람은 이미지 관리를 잘해온 케이스로 손꼽히는 사람들이었다. 잡티 하나 없는 두 사람이 열애를 한다고 하니, 누구 하나 아니꼬운 시선으로 볼 수가 없었다.

이화영이 내심 사랑의 라이벌이라 생각했던 개인 방송인, 셀리아도 두 사람의 열애 인정을 진심으로 축하했다.

물론 그녀는 강민허에게 이성적으로 관심이 전혀 없는 게 아니었다. 강민허는 남자로서 충분히 매력적인 사람이다. 자기 할 일에 최선을 다하고, 그리고 고아로 자라왔음에도 불구하고 보육원 아이들을 위해 자신이 번 상금의 대다수를 가져다주고. 자존심이 높으면서도 심성이 곱고, 실력까지 갖췄다.

게다가 성격도 좋다.

만약 셀리아가 이화영보다 먼저 강민허와 인연을 유지했더라면, 어쩌면 상황은 반대가 되었을지도 모른다.

하지만 그건 어디까지나 가정법에 불과하다.

강민허는 이화영과 사귀게 되었으니, 그녀에게 집중하기로 했다.

다른 여성 방송인들과의 술 먹방 합방 제의가 들어와도 강민허는 거절하기로 했다. 왜냐하면 외관상 좋아 보이지 않기 때문이다.

명실공히 이화영이라는 여자 친구가 있는데, 다른 여성 방송인과 공개적으로 단둘이서 술을 마시는 장면을 보일 수는 없다. 그건 보는 이로 하여금 눈살을 찌푸리게 만드는 장면이 될 것이다.

프로게이머로서 이미지 관리는 매우 중요하다. 그래서 강민허는 여자 친구가 생겼다는 기쁨도 기쁨이지만, 앞으로의 행동거지에 더욱 유의해야 한다는 경각심도 동시에 품었다.

어른스러운 강민허의 속내에 허태균 감독은 만족스러운 듯 함박 미소를 지었다.

"네가 충분히 고려하고 결정을 내린 일이니까 나는 뭐라고 크게 터치하지 않으마. 그리고 너도 알겠지만, 우리 숙소 규칙 중에 연애 금지 조항은 없어. 대신, 여자 친구의 존재가 공식 경기까지 누를 끼치면 안 되게끔 잘 조율해야지. 그게 안 될 거 같으면, 가차없이 터치할 거니까 그리 알아라. 너는 우리 팀의 기둥이니까. 그만큼 네가 잘해줘야 해."

"알고 있어요, 감독님."

허태균 감독은 강민허가 잘해낼 거라고 충분히 믿고 있었다. 그러나 강민허는 아직 어리다. 생각이 깊은 강민허라 하더라도 분명 흔들릴 때가 있을 것이다.

그때, 허태균 감독이 강민허를 도와주면 된다.

강민허는 허태균 감독에게 묻고 싶은 게 있었다.

"스캔들 터져서 미팅 예정되어 있던 게 다 캔슬되고 그러진 않았죠?"

"광고주, PD들은 스캔들에 딱히 신경 안 쓰고 있어. 네가 무슨 약물 복용한 것도 아니고. 승부 조작 한 것도 아니니까. 스캔들이 나쁜 것도 아니고. 그리고 쿨하게 열애를 인정했잖아? 그쪽에서는 그런 걸로 태클 걸 생각 없어 보이니까 신경 안 써도 된다."

"다행이네요."

강민허는 프로게이머 쪽에서 보자면 경력이 어느 정도 되는 사람이지만, 연예계라든지 방송 쪽으로 보자면 그렇게까지 높은 경력을 지닌 사람이 아니었다.

그래서 혹여나 러브 콜을 보내왔던 업체들이 스캔들 하나 때문에 강민허에게 등을 돌린 건 아닐까 하는 우려가 들었다.
하나 그렇게까지 상황이 심각하진 않았다.
"그보다 어떻게 할 거냐. 일단 ESA 제품 광고 모델 건은 강제로 해야 하는 일이고. 방송 출연하고 다른 광고 모델 일은 네가 하고 싶은 거 고르기로 했잖아."
"일단 게임 프로그램 출연 제의는 웬만하면 다 나갈 거고요. 공중파는 좀 고민해 봐야 할 거 같아요. 그건 나중에 프로 리그에서 우승한 다음에 결정하도록 하겠습니다. 광고 모델은 좀 당기는 게 있긴 한데……."
TV 출연보다는 광고 쪽에 주로 집중하고 싶었다.
돈을 잘 주기 때문이었다.
하나둘씩 완성되어 가는 강민허의 스케줄.
오진석 코치는 강민허의 스케줄을 보면서 혀를 내둘렀다.
"내가 프로게이머를 담당하고 있는 건지, 연예인을 담당하고 있는 건지. 헷갈릴 정도네."
"앞으로는 더 헷갈릴 거예요."
강민허는 강한 자신감을 드러냈다.
프로 리그에서 우승을 하면서 3관왕을 달성한다. 그것이 강민허의 1차 목표다.

* * *

총 4개의 광고 촬영과 2개의 방송 프로그램 일을 소화하게 된 강민허.

오진석 코치가 우스갯소리로 말한 것처럼, 강민허의 스케줄은 연예인 빰칠 정도로 빼곡했다.

그 와중에 강민허는 개인 방송과 프로 리그 출전을 위한 로인 이스 온라인 PvP 연습을 게을리하지 않았다.

시간이 부족하면, 잠을 줄이면 된다.

그것이 강민허의 마음가짐이었다.

오늘은 TGP에서 기획하고 있는 게임 관련 프로그램, '공략왕'에 출연하기로 했다.

게임 하나를 정해주면, 그 게임을 완벽 공략하기 전까지 퇴근을 안 시켜주는 무시무시한 프로그램으로 소문이 나 있었다.

강민허가 거기에 출연한다는 소식이 전해지면서부터 벌써부터 게임 팬들의 관심이 상승했다.

강민허 혼자만 프로그램에 출연하는 게 아니다. 강민허와 결승전에서 좋은 모습을 보였던 선수, 도백필을 포함해서 몇몇 프로게이머들이 동시에 출연하기로 정해졌다.

도백필과 함께 예능 프로그램을 촬영하게 될 줄이야. 강민허는 신기한 경험을 하게 되었다.

하나둘씩 촬영 현장에 모여드는 프로게이머들.

공략왕에는 특별히 진행자가 없다. 그냥 출연진들이 게임을 클리어하는 과정 자체를 재미있게 편집해서 방송으로 내보내는 프로그램이다. 굳이 무리해서 오디오를 채울 필요가 없었다. 게임만 클리어하면 된다.

가장 먼저 촬영 장소에 도착한 사람은 강민허였다.

모 아파츠 1층의 한 공간이 공략왕의 주된 촬영 장소였다. 아무래도 게임하기에 편한 장소를 찾다 보니 이곳이 선정되었다.

강민허 다음으로 도착한 프로게이머가 있었다.

나이트메어 팀에 소속되어 있는 인기 여성 프로게이머, 서예나.

그녀가 오랜만에 카메라 앞에 모습을 비췄다.

"응? 너도 오기로 했어?"

강민허는 서예나의 등장에 짐짓 놀란 모습을 보였다.

강민허는 제작진들로부터 출연진이 누구누구인지 제대로 전해듣지 못했다.

오로지 도백필 한 명뿐.

나머지 출연진들은 섭외 중이라는 말만 들었다.

최종적으로 섭외된 인물이 바로 서예나였다.

"오랜만이야."

"그러게. 살 많이 빠졌네?"

못 본 사이에 서예나는 체중 감량을 진행했다. 덕분에 예전에 비해 살이 좀 빠진 듯한 모습을 보였다.

"그냥 좀 뺐어. 요즘 살찐 거 같아서."

"안 쪄 보이던데."

"남자들은 모르지. 여자들만의 그런 게 있으니까 그냥 그렇게 알아두면 돼."

"흐음, 그렇군."

강민허는 굳이 납득하려 하지 않았다. 윤민아라는 나이 차이가 거의 안 나는 여동생과 자주 만나다 보니 여성들의 이런 습성을 어느 정도 잘 파악하고 있었다.

서예나의 뒤를 이어 도백필이 모습을 드러냈다.

"반갑습니다. 도백필이라고 합니다."

도백필을 모르는 사람은 없다. 그럼에도 도백필은 예의 바르게 자신을 소개했다.

서로 악수를 주고받는 강민허와 도백필.

"저번에 만나기로 했었는데, 본의 아니게 오늘 프로그램 촬영으로 만나게 되었네요."

"하하, 그러게요."

강민허와 도백필은 결승전 이후로 부쩍 친해졌다. 도백필이 강민허의 방송에서 알은체를 한 이후로부터 자주 메신저를 주고받았다. 그 이후로 친분을 다지게 되었다.

서예나는 이런 두 사람의 모습이 의외였다.

개와 고양이. 물과 기름 같은 두 남자가 서로 이렇게 친해지다니.

신기하기까지 했다.

오늘 게임에 임할 프로게이머들은 총 4명.

강민허, 도백필, 그리고 서예나.

나머지 한 명이 빈다.

이 한 명이 누굴지 오늘 촬영에 임하기로 한 게이머들도 궁금해하는 상황이었다.

약속 시간인 오전 10시.

딱 정각에 현관문이 열렸다.

"늦어서 죄송합니다!"

서예나와 함께 같은 나이트메어에 소속되어 있는 프로게이머, 류한수.

그가 제작진, 그리고 게스트들에게 머리를 가볍게 숙이며 사과의 말을 건넸다.

지각을 한 건 아니었다. 그러나 다 도착해 있는데 본인이 가장 늦게 온 거 같아서 무의식적으로 사과를 한 것이다.

서예나는 놀란 표정으로 류한수를 바라봤다.

"한수 오빠! 어떻게 여길 오신 거예요?"

"나도 여기에 출연하기로 되어 있었거든."

"저한테는 그런 말 한마디도 없었잖아요!"

"서프라이즈였으니까."

"하, 정말……."

프로게이머 류한수는 예능감으로 똘똘 뭉친 남자였다.

프로게이머로서의 성적은 중위권 정도. 대신, 방송 체질이어서 그런지 카메라 앞에서 능숙하게 말도 잘하고 끼도 잘 부린다. 그래서 게임 관련 예능 프로그램을 기획하는 PD들에게는 무조건 1픽 대상으로 꼽히는 인물이었다.

오랜만에 모습을 드러낸 류한수는 도백필과 강민허를 바라보면서 함박 미소를 지었다.

"오늘 집에 빨리 가겠네. 피지컬 투탑이 이렇게 나란히 있는 거 보니까."

이 중에 가장 선배는 류한수였다. 도백필은 류한수와 어느 정도 친분이 있었다. 그러나 강민허와는 초면이었다.

"안녕하세요. ESA의 강민허라고 합니다."

"나이트메어의 류한수야. 편하게 그냥 형이라고 불러. 어차피 방송하다가 시간 지나면 다 형, 동생 할 텐데. 미리 말 터 놓는 게 더 편하고 좋을 거야."

"알았어요, 형."

"오케이! 바로 그거야."

류한수는 분위기 메이커로서의 역할을 톡톡히 했다.

게스트들이 모이자마자 바로 촬영이 시작되었다.

PD는 오늘 공략할 게임 타이틀을 게스트들에게 건네줬다.

게임을 보자마자 게스트들은 전부 썩은 표정을 했다.

"아니 이거……."

"…진짜로 이걸 깨라고요?"

프로게이머들의 질문에 PD는 연신 고개를 위아래로 끄덕였다.

류한수는 불과 몇 분 전까지만 하더라도 굉장히 기쁜 표정을 지었었다. 왜냐하면 로인 이스 온라인 프로게이머들 사이에서도 피지컬이 압도적으로 좋다고 평가받는 두 프로게이머와 같이 촬영을 하게 되었으니까. 그래서 오늘은 집에 빨리 갈 수 있겠거니 하고 좋아했었다.

하지만 게임 타이틀은 피지컬과 전혀 무관한 것이었다.

[두근두근 러브레터 2]

장르인즉슨.

미소녀 연애 시뮬레이션이었다.

두근두근 러브레터 2.

류한수는 어이가 없다는 표정을 지었다.

"저희보고 이걸 하라고요?"

"네."

PD의 대답은 굉장히 냉정했다. 단답형이라서 그런지 더욱 그렇게 느껴졌다.

"아니아니아니, 잠깐만요. PD님. 냉정하게 생각해 보세요. 여기에 연애 경험이 있는 사람이 단 한 명도 없는데, 어떻게 이런 게임을 클리어하라는 거예요? 아니면 그냥 아무하고만 엔딩 보면 되는 건가요?"

"등장인물 중에 '민수화'라는 히로인 캐릭터가 있어요. 그 캐릭터에게 고백을 받으시면 됩니다."

"다른 캐릭터는요?"

"무효 처리됩니다."

"하… PD님, 엄청 깐깐하시네. 아니, 고백받는데 어느 여자든 어떻습니까? 남자 입장에선 마냥 좋은 건데."

류한수는 방송을 살리기 위해 일부러 말을 길게 꾸몄다. 제작진들은 류한수의 재치 넘치는 발언에 작은 웃음소리를 냈다.

그러나 강민허, 도백필, 서예나는 한없이 진지했다.

특히 강민허는 뒤통수를 강하게 맞은 듯한 표정을 지었다.

'피지컬 게임일 줄 알았는데. 이건 진짜 예상외네.'

피지컬의 달인들을 모아서 미소녀 연애 시뮬레이션을 시킬 줄이야. 어떻게 본다면 PD의 센스가 좋다고 볼 수도 있었다.

하나 문제가 있었다.

"자자자, 다들 집중."

류한수는 게이머들의 시선을 자신에게 집중시켰다.

"나는 연애에 자신 있다, 연애 초고수다! 하는 사람 손."

"……."

"……."

"……."

있을 리가 있겠나. 강민허, 도백필, 그리고 서예나. 모두가 다 침묵으로 일관했다. 한숨을 푹 내쉬는 류한수.

"하긴, 그렇지. 기대한 내가 바보지."

"그러면 한수 오빠는요?"

서예나는 이 틈을 노려 류한수에게 역습을 가했다. 다른 사람들에게 이렇게 물어볼 정도니, 분명 류한수는 연애 경험이 다분히 있으리라. 그렇게 생각하는 사람은… 없었다.

물론 류한수 본인도 알아서 시인을 했다.

"그래, 나도 연애 경험 없다, 없어."

"같은 처지면서 왜 저희한테만 뭐라고 하세요."

"뭐라고 하진 않았어. 이 상황을 어떻게 풀어나갈지. 거기에 대한 불만을 토로한 거야."

어찌 되었든, 결국 시간은 흘러가는 법이다. 계속 여기서 실랑이를 벌여봤자 이들에게 도움이 될 만한 건 아무것도 없다.
강민허가 입을 열었다.
"슬슬 시작하죠."

*　　　*　　　*

두근두근 러브레터 2는 2년 전에 출시된 미소녀 연애 시뮬레이션 게임이다.
그러다 보니 그래픽이 나쁘지 않았다.
라이브 2D를 사용한 게임이다 보니 고정되어 있는 2D 그래픽보다는 생동감이 있어 보였다.
성우도 연기를 잘한 편이었다.
게임을 진행한 지 얼마 안 되었을 때. 주인공에게 말을 걸어오는 단발머리의 소녀가 있었다.
—안녕, 한수야!
남자 주인공의 이름을 부르는 단발머리 소녀. 주인공의 이름은 류한수로 설정되었다. 류한수로 이름이 된 데에는 이유가 있었다.
"한 번도 여자한테 관심을 받아본 적 없으니까. 게임에서라도 관심 좀 받아보게 내 이름으로 해주면 안 될까?"
이런 이유에서였다.

이름이 불리자, 서예나는 류한수에게 소감을 물었다.

"이름 불린 기분이 어때요? 오빠."

"좋지도 않고 나쁘지도 않네."

"뭐, 그렇죠."

현실에 있는 여자가 류한수에게 관심을 보이는 것도 아니고 말이다.

그동안 도백필은 두근두근 러브레터 2에 대한 기본적인 정보를 스마트폰으로 찾아봤다.

"발매 당시에 엄청난 인기를 끌었던 게임이라고 하네요. 전작보다 많이 팔리긴 했는데, 평가는 전작에 비해서 안 좋다는 게 특징이군요."

"그걸로 공략본 같은 것도 찾아보면 안 될까?"

"공략은 PD님이 못 찾게 해뒀어요. 저희가 나서서 공략하는 게 이 프로그램의 취지니까요."

"하긴, 그렇지."

류한수는 아쉬움에 입맛을 다셨다.

컨트롤러는 서예나가 직접 만지고 있었다.

딱히 컨트롤을 누가 만져야 한다든지 그런 건 없었다. 그냥 대사 넘기고 선택지만 고르면 된다. 심심하기 그지없는 파일럿이었다.

단발머리 소녀와 같이 등교를 하던 도중에 소녀의 이름이 뭔지 알게 되었다.

"이름이… 강혜원?"

"민수화가 아니네."

강민허는 아쉬운 듯 입맛을 다셨다. 어느 순간 강민허는 게임에 집중하기 시작했다.

처음에는 미소녀 연애 시뮬레이션이라고 해서 약간 김이 샌 것도 없지 않게 있었다. 그러나 게임인 이상, 강민허의 몰입도는 시간이 갈수록 높아질 수밖에 없었다. 그는 진성 게이머였기 때문이다.

물론 도백필도 마찬가지였다.

"일단 캐릭터의 성격을 잘 분석해야 해. 거기에 맞춰서 선택지를 고르면 되니까."

"맞아."

강민허도 도백필의 말에 공감한다는 듯이 고개를 끄덕였다.

어느 순간부터 두 사람은 말을 놓고 있었다. 류한수 덕분에 서로 말을 놓게 되는 계기가 만들어진 것이다.

서예나도 도백필과 서로 말을 놓았다. 단, 류한수는 이들에게 있어서 연장자였기 때문에 반말을 하기가 쉽지 않았다.

류한수는 반말도 괜찮다고 했지만, 이들에게는 아직 시간이 많이 필요했다.

학교에 등교하게 된 주인공의 곁에 많은 여자들과의 만남이

지나갔다.

류한수는 한숨을 푹 내쉬었다.

"아, 나도 여기 주인공처럼 인기 많아지고 싶다."

"오빠. 지금 인기 많잖아요. 여기 주인공 이름이 오빠예요."

"게임상의 류한수가 아니라 나, 류한수가 인기 많아졌으면 좋겠다는 뜻이잖아. 백필이하고 민허는 여자 팬들도 많더만."

"두 사람은 잘생겼으니까요."

서예나는 냉정하게 답변을 들려줬다. 순간 류한수는 발끈하는 모습을 보였다.

"그럼 나는 못생겼다는 뜻이야?!"

"네."

"…너무 직설적으로 말하니까 뭔가 태클 걸기가 싫어지네."

토크를 이어나가는 도중이었다.

강민허가 모니터를 주시하기 시작했다.

"잠깐만. 또 새로운 여자가 등장했는데?"

"이번에는 누구일까."

서예나는 기계적으로 대사 지문을 넘겼다.

그러자 말을 걸어온 여자가 자기 자신을 소개했다.

―안녕, 이번에 새로 전학 오게 된 민수화라고 해.

"왔다!"

류한수가 주먹을 불끈 쥐었다.

민수화. 오늘, 이들이 공략을 해야 할 캐릭터의 이름이었다. 한동안 안 나타나더니, 게임을 시작한 지 30분 만에 드디어 공략 대상이 모습을 드러낸 것이다.

롱 헤어에 이목구비가 뚜렷한 전형적인 동양 미인이었다.

히로인 캐릭터 중에서 가장 공을 들여서 일러스트를 그린 티가 팍팍 났다.

PD가 중간에 추가 정보를 들려줬다.

"팬들 사이에서 가장 인기가 많은 캐릭터예요."

"그럴 만하게 생겼네요."

강민허는 깊은 공감을 표했다. 확실히 남자에게 인기 있을 법한 요소들은 거진 다 들어가 있었다.

그래봤자 무엇하랴. 현실에 존재하는 여자도 아닌데 말이다.

류한수의 한숨만 늘어갔다.

"후딱 깨버리고 엔딩 보고, 그리고 집에 가자."

자신감을 드러내는 류한수의 말에 게이머들은 고개를 끄덕였다.

그러나 이들은 이때까지 깨닫지 못했다.

두근두근 러브레터 2가 얼마나 무시무시한 게임인지를.

* * *

선택지를 고르고 골라서 게임상 1년이라는 시간이 지났다.

1년이 지나면 엔딩이 나온다.

서예나는 강한 자신감을 드러냈다.

"이쯤 되면 그쪽에서 먼저 고백을 해올 거야."

"확실하지?"

류한수의 물음에 서예나는 고개를 힘차게 끄덕이면서 답했다.

"확실해요. 여자의 마음은 여자가 잘 아는 법이니까요."

"뭐, 그렇긴 하지."

민수화 공략 루트를 진행할 때, 서예나의 의견이 가장 많이 반영되었다.

가끔 선택지로 갈등의 분기점이 있었지만, 그럴 때마다 서예나는 여자의 마음은 여자가 안다는 같은 논리로 다른 이들의 의견을 묵살시켰다.

기왕 이렇게 된 거, 류한수는 1회차는 서예나의 의견에 따르기로 하자고 제안했다. 강민허와 도백필은 여기에 찬성했다.

서예나의 선택 결과가 과연 어떻게 나올지.

주인공 캐릭터가 전학을 갈 때.

정상적인 루트라면, 주인공이 공략에 성공한 히로인이 주인공을 붙잡으면서 '사실 나, 너를 좋아해!'라고 고백을 해야 한다.

그러나.

"어……?"

서예나는 상황이 심상치 않게 흘러감을 알아차렸다.

주인공이 이사를 가는데도 불구하고 아무도 마중을 나오지 않았다.

그리고 그대로 엔딩 크레디트가 떴다.

아무하고도 사귀지 못하게 된 베드 엔딩이 뜨고 만 것이다.

"말도 안 돼!"

서예나는 불만을 토로했다. 본인은 완벽하게 선택지를 골랐다고 생각을 했었다. 그러나 현실은 시궁창이었다.

소파에 몸을 묻은 류한수가 결말에 대한 소감을 이야기했다.

"이렇게 해서 가상의 류한수는 평생 솔로로 지내게 되었다고 한다. 슬프다, 슬퍼."

"잠깐만요! 이거, 게임이 이상한 거 아니에요? 문제없이 잘 골랐는데!"

"여자의 마음은 여자가 잘 안다며."

"그, 그래요!"

"근데 엔딩이 이게 뭐야."

"……."

류한수의 말에 태클을 걸 수가 없었다. 이들에게 현재 중요한 건 민수화 공략에 성공했는지, 실패했는지. 그것이 중요하다.

결과적으로 봤을 때, 서예나의 도전은 실패했다.

덕분에 2시간을 날려먹었다.

"하, 허무하다, 허무해."

소파에서 일어선 류한수는 현재 시각을 살폈다.

오전 10시.

점심 전까지 한 번 도전할 수 있는 시간이 있었다.

"다음은 누가 해볼래?"

강민허는 자원하지 않았다. 아직 좀 더 패턴을 분석하고 싶다는 의지가 드러나 있었다.

그때, 도백필이 손을 들었다.

"제가 해보겠습니다."

"오, 네가? 할 수 있겠어?"

"글쎄요. 자신은 없는데, 그래도 일단 한번 해보고 싶네요. 안 그래도 예나가 진행할 때, 의아한 선택지가 많았거든요."

가장 많은 의견 충돌을 했던 쪽이 바로 서예나와 도백필이었다. 도백필은 서예나와 비슷하게 생각할 때도 있지만, 전혀 다르게 생각할 때도 있었다. 그럴 때마다 두 사람은 가벼운 충돌을 보였다.

1회차 때, 강민허는 도백필과 다르게 침묵으로 일관했다.

본인만의 의사를 드러내지도 않았다. 아까부터 조용히 모니터만 응시하는 강민허를 바라보면서 류한수는 혹시나 하는 질문을 던졌다.

"민허야. 피곤하면 자도 돼."

"아니요. 피곤한 건 아니에요. 그냥 지금은 구경꾼 모드라서 그렇습니다."

"흠, 그래? 재미는 있고?"

"트파 7이나 로인 이스 온라인에 비해선 재미가 엄청 있다거나 하진 않네요. 그래도 이 게임만의 매력은 있는 거 같습니다. 거기에 적응하면 충분히 즐길 수 있을 거 같아요."

즐기기만 해선 안 된다. 이들이 집으로 가려면 게임을 클리어해야 한다.

강민허와 류한수가 대화를 나누는 사이에 도백필이 두 번째 도전에 임했다.

이번에도 주인공의 이름은 류한수로 정했다.

"이번에는 엔딩 보도록 하죠."

강한 자신감을 어필하는 도백필.

중간에 오디오가 비지 않게 류한수는 도백필에게 질문을

하나 던졌다.

"이런 게임은 해본 적 있어?"

"처음입니다."

"태어나서 한 번도 해본 적 없어?"

"네. 게임은 온라인 MMORPG밖에 안 해봤어요. 저는 그쪽 체질인 거 같더라고요."

"아하, 그래?"

질문을 마친 뒤.

류한수는 쓴웃음을 지었다.

"2회차에도 엔딩 보기는 글렀네."

그의 한숨은 더욱 깊어졌다.

서예나보다 더 빠른 시간에 엔딩을 보게 된 도백필.

그는 대사를 전부 스킵해 버렸다. 이미 한번 봤던 대사는 이해가 가지만, 분기점에 따라 다르게 나와서 처음 보는 대사조차도 스킵을 해버릴 정도였다.

도백필이 우선으로 삼은 건 바로 속도.

속도에 지문 정독은 불필요한 요소였다.

서예나는 그런 도백필의 모습에 비난의 목소리를 높였다.

"대사는 보고 선택지를 고르는 게 좋지 않겠어? 어떤 선택지를 골라야 좋을지 정도는 봐야 하잖아."

정황이라는 것을 분석하고 파악해서 선택지를 고르는 편이 좋다.

이것이 서예나의 논리였다. 그러나 도백필에게 그런 이론은 무용지물이었다.

"지금은 속도가 중요한 거야. 아까 네가 했던 것처럼 신중하게 해봤자 시간만 낭비하고. 원하는 결과는 안 나오고. 그러면 우리, 오늘 내에 집에 못 가."

"……"

서예나는 이미 한 번 실패를 경험한 바가 있었다.

그래서일까. 그녀의 발언권은 그리 큰 영향력을 행사하지 못했다.

일단은 도백필이 하는 걸 지켜보겠다는 심정으로 모니터에 시선을 집중시키는 서예나. 비난은 나중에 해도 늦지 않을 터였다.

거의 엔딩에 가까워졌다.

주인공, 류한수는 전학을 가겠다고 하고서 동급생들과 마지막 작별 인사를 나눴다. 학교를 벗어날 때, 누군가가 쫓아왔다.

검은 실루엣로 표현되어 있어서 누구인지까진 정확하게 알지 못했다. 도백필은 실루엣의 주인공이 민수화임을 확신했다.

그러나 반전이 그를 기다리고 있었다.

"…음?!"

고백을 하러 온 사람은 민수화가 아닌 주인공의 소꿉친구였다.

—사실 나… 예전부터 널 좋아했어!

"아니, 너 말고 민수화가 좋아해야 한다고."

도백필은 무심코 전달될리 없는 태클을 걸어버리고 말았다.

민수화 공략이 오늘의 목표다. 소꿉친구가 목표가 아니었다.

고백을 받는 데까지는 성공했지만, 그래도 오늘의 목표 달성에 실패한 건 부정할 수 없었다.

서예나는 키득키득 웃었다.

"거봐. 아니라고 그랬잖아."

"그래도 난 고백이라도 받았지, 넌 고백조차 못 받았잖아."

"……."

주고받은 카운터. 승자는 서예나가 아닌 도백필이었다.

도백필의 말이 맞았다. 그래도 고백이라도 받은 게 어디인가. 적어도 베드 엔딩보다는 나아 보였다.

이대로 점심시간이 도래했다. 류한수는 PD에게 제안을 했다.

"점심도 다 됐는데, 밥 먹고 하죠."

공략왕이라는 프로그램은 그래도 밥 하나는 푸짐하게 잘 제공해 주는 프로그램으로 널리 알려져 있었다.

이번에도 마찬가지였다.

오늘의 식사는 중식. 볶음밥과 자장면을 합친 볶자면을 택한 강민허는 순식간에 식사를 끝마쳤다.

그러고 난 뒤.

게임 패드를 잡고 두근두근 러브레터 2를 실행했다.

류한수는 혹시나 하는 마음으로 물었다.

"바로 게임하게?"

"네. 궁금한 게 있어서요."

"궁금한 거? 뭔데?"

"몇 가지 선택지가 있는데, 거기 부분이 좀 신경 쓰였어요. 아, 전 게임하고 있을 테니까 저한테는 신경 안 쓰셔도 됩니다. 다른 분들은 편하게 식사하시면 돼요."

대단한 열정이었다.

오전에는 패드 한번 안 만진 채 모니터만 응시하던 강민허가 이렇게 적극적으로 나서기 시작할 줄이야.

로드와 세이브를 계속해서 반복하는 강민허. 30분 정도가 지났을 때. 출연진들은 전부 식사를 마쳤다.

강민허의 곁에 털썩 하면서 앉은 류한수.

"어때. 3회차는 네가 해볼텨?"

"아니요. 형이 먼저 하세요. 저는 마지막에 하겠습니다."

"그 기세는 어디가고 갑자기 나한테 차례를 떠넘기는 거야?"

"제가 먼저 깨버리면, 형의 분량이 안 나올 거 같아서요."

"…음?!"

강민허의 이 발언은 서예나와 도백필의 관심을 집중시키기에 충분했다.

마치 강민허는 지금 당장에라도 게임을 깰 자신이 있다는 것처럼 말을 했다. 도백필은 확인 차원에서 물었다.

"깰 수 있다는 뜻이야?"

"물론. 오전 내내 패턴을 쭉 분석했어. 그리고 아까 점심시간 때 신경이 쓰였던 자잘한 것들까지 완벽하게 다 파악해 뒀으니 완벽해. 내가 패드를 잡으면 바로 엔딩 볼 수 있어."

"……."

할 말이 없어졌다.

물론 도백필은 강민허의 이 자신감을 곧이곧대로 믿지 않았다. 자신감은 누구나 다 표출할 수 있다. 고백조차 받지 못했던 서예나도 도전할 때에는 금방 깰 수 있다는 자신감을 마구 표출하지 않았던가.

도백필도 마찬가지였다. 특이 사항이 없으면, 도백필이 바로 엔딩을 볼 수 있다는 자신감을 어필했다. 그러나 현실은 녹록지 않았다.

서예나와 도백필. 두 사람 다 무참하게 공략에 실패했다. 류한수도 자신감이 없어 보였다.

"나는 엔딩 못 볼 거 같은데."

"괜찮아요, 형. 어차피 이 다음에 제가 바로 엔딩 볼 수 있으니까 부담 없이 쭉 플레이만 하시면 돼요."

"그래? 그러면 민혀 한번 믿어보고 해볼까."

류한수가 패드를 잡았다. 본능에 맡기며 선택지를 골랐다.

그러기를 한 시간가량 지났을 때였다.

엔딩 분기점이 드러났다. 서예나는 안 좋은 직감을 감지했다.

"한수 오빠, 모솔 엔딩이겠네요."

"응?! 진짜?!"

"네. 아까 제가 엔딩 봤을 때랑 같은 패턴이에요."

"에이, 그럴 리가."

류한수는 서예나의 말을 끝까지 부정했다. 그러나 그 부정은 오래 가지 못했다.

아무도 고백을 해오지 않았다. 게임상의 주인공, 류한수는 결국 모솔 엔딩을 맞이하게 되었다.

"하… 현실의 내가 가상의 나와 같은 신세일까 봐 무섭네."

도백필은 그나마 캐릭터 한 명을 공략하는 데 성공하기라도 했다.

하지만 서예나와 류한수는 타율이 좋지 않았다. 모솔 엔딩만 두 번을 보게 되니, 두근두근 러브레터 2라는 게임이 얼마나 어려운지 알 수 있었다.

하나 서예나는 마지막까지 인정할 수 없었다.

"아니, 여기 나오는 여자들은 다 이상해. 분명 내가 선택한 대로 나와야 하는 게 정답인데."

그러나 강민허의 생각은 달랐다.

"게임에 나오는 히로인들은 여자가 맞지만, 플레이어가 대부분은 남자라는 걸 고려해야지. 게임은 현실을 100퍼센트 반영하지 않아. 게이머들이 원하는 환상을 각색해서 게임으로 만들지. 결국 이건 여심(女心)보다는 남심(男心), 즉 남성 게이머들이 무엇을 원하는지를 알고 있어야 공략이 가능한 게임이야."

서예나는 입을 굳게 다물었다.

틀린 말은 아니었다.

게임을 플레이할 주 타겟층을 생각한다면, 강민허의 말이 오히려 정답에 가까웠다.

남자들이 바라는 환상. 남자들이 원하는 선택지를 오히려 골라야 한다.

강민허는 이미 모든 패턴을 다 분석하고 파악해 냈다.

"잘 봐봐. 여기서 바로 엔딩 볼 테니까. 여러분들, 퇴근 준비하셔도 됩니다. 시간 낭비 안 하고 곧바로 끝내 버리겠습니다."

호언장담을 하는 강민허. 옆에서 류한수가 불길한 목소리를 들려줬다.

"이러다가 클리어 못 하면 개쪽팔리는 거야, 민허야."

"괜찮아요. 자신 있어요."

패드를 쥔 강민허는 거침없이 선택지를 골라 나갔다. 도백필처럼 강민허는 대사를 전부 다 스킵했다.

고르고 고르고 그리고 또 고르고.

드디어 게임상 1년이라는 시간이 흘렀다.

여기서 누가 고백을 해오느냐. 근무 연장과 퇴근의 분기점이 바로 이 부분이다.

검은 실루엣이 등장했다. 실루엣은 전부 다 동일하게 그려져 있었기 때문에 실루엣만 봐선 누가 누구인지 감을 잡을 수 없었다.

모두의 시선이 집중되었다.

PD조차도 모니터에 빨려 들어갈 듯 뚫어져라 바라봤다.

아직 방송이 시작된 지 5~6시간 정도밖에 되지 않았다. 물론 이것도 짧은 시간은 아니다. 하나 공략왕은 기본은 10시간

이상을 찍는 게 일반적인 패턴이었다.

만약 지금 엔딩을 보게 되면, 공략왕 역사상 최단 시간에 게임을 공략하는 셈이었다.

검은 실루엣이 사라지고 서서히 캐릭터의 본래 모습이 나오기 시작했다.

긴 생머리에 청순한 이미지를 가진 여성 캐릭터.

민수화였다.

—한수야! 사실 나… 예전부터 너를 쭉 좋아했어!

“우와, 대박!!!”

류한수는 마치 자신이 고백을 받은 것처럼 기뻐서 소리를 치고 말았다.

호언장담했던 강민혀의 예언이 그대로 적중했다! 그야말로 놀랄 만한 일이었다.

도백필과 서예나는 너무 놀라서 말을 잇지 못했다.

단 한 번의 시도로 정확히 민수화를 공략하는 데 성공한 강민혀. 두근두근 러브레터 2는 공략이 어려운 게임으로 유명하다. 그것을 1트라이만에 해냈으니. PD조차 강민혀의 대단함을 인정할 수밖에 없었다.

“아니, 어떻게 클리어한 거예요?”

PD가 재차 물었다. 사실 PD는 이 게임의 마니아이기도 했다. 그런 PD조차도 민수화를 공략하는 데 근 3일이 걸렸다.

이것을 강민허는 단번에 클리어해 냈으니. 그저 신기한 일일 따름이었다.

강민허는 간단하게 답을 내놓았다.

“패턴을 다 분석했으니까요.”

“공식 같은 게 있나요?”

“예. 대충 설명드리자면…….”

강민허는 화이트보드를 이용해서 그가 알아낸 공식을 설명했다.

A선택지를 고르면 A—2선택지로, A—2선택지에서 B—1선택지로. 이렇게 상세하게 설명에 임했다.

PD는 입을 쩍 벌렸다.

공략본과 같은 논리였다. 두근두근 러브레터 2 공략을 쓴 게이머들은 공략본을 완성하는 데 2주라는 기간이 걸렸다. 그러나 강민허는 그것을 몇 시간 만에 해내 버렸다.

“자, 이제 퇴근하시죠.”

강민허의 시원스러운 발언에 게이머들은 환호했다.

재능 넘치는 게이머, 강민허. 그는 미소녀 연애 시뮬레이션에서도 자신의 재능을 입증했다.

*　　　　*　　　　*

공략왕 촬영 이후, 강민허는 게임 전문 채널뿐만 아니라 각종 케이블 TV에 모습을 비추면서 유명세를 쌓아갔다.

로인 이스 온라인을 플레이하는 사람들뿐만 아니라 로인 이스 온라인을 플레이하지 않은 게이머들까지도 강민허라는 이름 세 글자를 알게 될 정도의 수준까지 인지도를 쌓는 데 성공했다.

그 덕분일까. 강민허가 광고 모델로 등장한 제품들은 죄다 히트 상품으로 등극되었다. 판매량이 자그마치 7배나 상승했다.

추첨을 통해 강민허의 사인이 들어간 제품을 한정판으로 준다는 이벤트를 했을 때에는 20배 가까운 판매고를 올렸다. 그야말로 강민허 신드롬이었다.

이화영과 공식으로 커플이 되었음을 알렸음에도 불구하고 강민허의 기세는 여전했다.

그야말로 프로게이머계의 슈퍼스타 자리에 올라섰다.

심지어 연예계 쪽에서도 계속해서 강민허에게 러브 콜을 보내왔다. 이전에 다른 프로그램에 출연해서 화려한 입담을 뽐냈던 강민허. 게다가 비주얼도 나쁘지 않았다. 그러니 PD들이 강민허를 탐낼 수밖에 없었다.

하나 강민허는 거기까진 받아들이지 않았다.

그의 본업은 어디까지나 프로게이머.

이제 슬슬 정식으로 프로 리그에 출전할 준비를 해야 한다.

허태균 감독은 강민허를 따로 불렀다.

"다음 주부터 너를 엔트리에 올릴 거다. 무슨 뜻인지 알고 있겠지?"

"예, 잘 압니다."

엔트리에 이름을 올린다.

그 말인즉슨.

강민허의 출전이 확정되었음을 뜻한다.

제30장
프로 리그 출전

강민허가 프로 리그 엔트리에 등록되었다는 사실이 일파만파 퍼지기 시작하면서 프로 리그를 향한 게임 팬들의 관심은 급속도로 상승되기 시작했다.

도백필을 꺾고 개인 리그를 우승한 강민허는 최근, 가장 높은 주가를 달리는 프로게이머 중 한 명으로 손꼽히게 되었다.

개인 리그에 첫 출전해서 우승한 것도 놀라운데, 거기에 결승전 상대가 도백필이라고 하니 그야말로 로인 이스 온라인 프로게이머계의 커다란 지각 변동을 만들어내고 말았다.

강민허 덕분에 도백필의 이력에 처음으로 '준우승'이라는 단어가 각인되었다.

만약 강민허가 없었더라면, 도백필은 여전히 무적의 포스를 자랑하면서 로인 이스 최강자의 자리에 군림해 있었을지도 모른다.

하지만 그건 강민허에 의해 저지되었다.

그 덕분에 도백필은 오랜만에 게임에 대한 의욕으로 불태우기 시작했다.

얼마 전, 공략왕에서 강민허와 함께 합을 맞췄던 도백필.

거기서 도백필은 강민허의 또 다른 능력을 직접 두 눈으로 목격했다.

도백필은 팀 내에서도 특별 대우를 받는 프로게이머였다. 심지어 연습실도 개인 연습실이 따로 있을 정도였다.

그러나 도백필은 최근에 강민허와 자주 엮임으로 인해 자존심에 많은 상처를 입게 되었다.

이것을 만회할 수 있는 방법은 얼마든지 마련되어 있다.

개인 리그에 진출해서 다시 한번 강민허와 맞붙어 승리를 따내면 된다. 개인 리그 3위까지는 본선에 자동으로 진출할 수 있는 시드권이 부여된다. 도백필은 강민허와 함께 시드권을 가지고 있었다. 차기 개인 리그에 출전하게 되면, 도백필은 시드권으로 2조에 배치될 것이다.

상대로 강민허를 지목하고 싶지만, 시드권을 가진 자들끼리는 서로 지목할 수 있는 권한이 없었다.

그래도 딱히 상관은 없었다. 안 그래도 도백필은 강민허와 높은 곳에서 붙고 싶었다. 기왕이면 결승전에 올라가 똑같은 매치를 성사시키고, 거기서 도백필이 우승하고 싶었다.

그러나 그러기까지에는 시간이 꽤나 많이 필요했다. 지금 당장 개인 리그가 열리는 것도 아니다. 개인 리그는 프로 리그가 끝난 이후, 텀을 두고 다시 개최될 예정이었다.

지금 당장 강민허와 맞붙을 수 있는 방법은 하나뿐.

"……."

자리에서 일어선 도백필은 감독의 사무실을 찾아갔다.

똑똑.

"감독님. 저, 도백필입니다."

"어, 들어와."

"실례하겠습니다."

사무실에 들어선 도백필의 표정은 비장미가 넘쳐흘렀다. 이레이저 나인의 감독은 도백필의 이런 표정을 난생처음 봤다.

그만큼 뭔가 중요한 이야기를 하고 싶어 했다.

"할 말이라도 있어?"

"예."

"그래? 일단 앉아라."

소파에 착석한 도백필. 맞은편에 자리를 잡은 이레이저 나인의 감독은 도백필을 뚫어져라 바라봤다.

동시에 심장이 크게 요동쳤다.

설마 도백필이 강민허에게 패배한 이후 슬럼프를 극복하지 못하고 프로게이머 은퇴를 선언하기라도 하면 어쩌나. 이 불안감이 계속 감돌았다.

그러면 큰일이다. 도백필은 이레이저 나인의 간판스타다. 도백필 덕분에 팀의 인지도가 높아졌다. 뿐만 아니라 각종 커리어들을 거머쥘 수 있었다.

도백필은 이레이저 나인의 주력 프로게이머다. 그를 놓칠 수는 없었다.

"…백필아."

"예, 감독님."

"네가 강민허 선수에게 져서 실망을 많이 했다는 건 나도 잘 안다. 근데 말이다. 원래 프로게이머라는 게 이길 때가 있으면 질 때도 있는 법이야. 매번 이길 수는 없어. 네가 너무 비정상적으로 이기기만 한 거지, 사실 다른 프로게이머들을 보면 이기거나 지거나 하는 일이 비일비재해. 그러니까 은퇴할 거라는 말은 하지 마라. 이번에는 운이 안 좋아서 진 거야. 다음에 강민허 선수와 맞붙었을 때에는 네가 이길 거다. 아니, 반드시 이기게 만들어주마!"

"……?"

도백필은 감독의 말을 듣는 동안 전혀 공감이 안 된다는 얼굴 표정을 유지했다.

감독이 왜 이런 말을 주저리주저리 하는 거지? 이런 감정이었다.

"저, 은퇴 안 할 건데요."

"…응?"

"은퇴 안 해요. 강민허 선수한테 진 채로 은퇴하는 건 말이 안 되잖아요. 은퇴를 결심했다면, 적어도 이기고 나서 은퇴해야죠. 안 그럽니까? 진 채로 그대로 은퇴를 하면 그거야말로 치욕스러운 일이 되겠죠."

"그, 그렇지. 암! 그렇고말고!"

이레이저 나인 감독은 철석같이 도백필이 은퇴 이야기를 할 줄 알았었다. 그러나 도백필은 실망했다는 낌새조차 보이지 않았다.

하기야. 결승전에서 강민허에게 패배한 이후, 도백필이 보여준 모습은 슬럼프에 빠진 프로게이머의 모습과 상당한 거리가 있었다.

도백필은 평소와 다를 바 없는 모습을 보였다. 아니, 오히려 더더욱 게임에 매진하는 모습이 자주 보였다.

"그럼 왜 날 보자고 한 거냐."

"부탁이 있어서입니다."

"어떤 부탁?"

그제야 도백필은 자신이 감독을 찾아온 이유를 언급했다.

"이번 프로 리그 엔트리에 등록시켜 주세요."

* * *

허태균 감독은 고민이 많았다.

바로 다음 주. ESA의 프로 리그 경기가 예정되어 있었다.

여기서 바로 강민허를 투입할지, 아니면 추후에 강민허를 투입할지. 그것이 문제였다.

물론 이미 강민허의 투입은 정해져 있었다. 그러나 뒤늦은 후회가 몰려온 것이다.

강민허는 그간 바쁜 일정을 소화했다. 이제야 다시 게임에 매진할 수 있는 환경이 갖춰졌는데, 프로 리그에 투입시켜서 정상적인 경기가 나올 것인지. 그것이 걱정이었다.

강민허는 본인의 입으로 이렇게 이야기를 했다.

"제가 나가서 하드 캐리 하고 오겠습니다."

"……."

이렇게까지 말하니 할 말이 없었다.

ESA의 현재 순위는 8위. 우승을 노리려면, 다음 주부터 확실한 승리 카드인 강민허를 꺼내 들긴 해야 했다.

그러나 허태균은 강민허 카드를 사용하는 게 조심스러울 수밖에 없었다.

강민허. 물론 좋은 선수다. 나가면 확실한 1승 카드 역할을 해줄 것이다.

그러나 문제가 있었다.

너무 강민허에게만 의지하려는 경향이 심하다.

물론 강력한 원탑 선수를 가지고 있는 팀의 감독으로서 한편으로는 든든하기도 하지만, 이런 현상을 마냥 기쁘게 받아들이기만 할 수는 없었다.

왜냐하면 에이스가 무너지면 그날의 경기는 곧 패배를 뜻하니까.

프로 리그는 엄밀히 말해서 팀플레이로 이루어진다.

게다가 2부 리그와 경기 진행 방식도 다르다.

첫 번째는 개인 리그의 경우처럼 1 대 1 경기를 치룬다. 두 번째 세트에서는 3 대 3 팀전을 치른다. 마지막 세 번째 세트인 1 대 1에서 최종 스코어를 가른다. 이런 식으로 경기가 진행된다.

결승전은 5전 3선승제로 1 대 1 경기가 3번, 3 대 3 팀전이 2번 들어가는 구조를 하게 된다.

팀 엔트리가 겹치면 안 된다. 즉, 결승전을 제외하고 한 팀이 경기를 펼칠 때마다 다섯 명의 프로게이머를 조합, 구성해야 한다는 뜻이다.

강민허는 물론 1 대 1전에 투입할 예정이다. 1경기에 배치될지, 3경기에 배치될지. 그것은 상대방이 누구로 정해지느냐에 따라 달라질 것이다.

어쨌든 1 대 1전에서 개인 리그 우승자, 강민허가 나서준다면 ESA에게는 너무나도 많은 도움이 될 것이다.

그러나 불안 요소가 있었다.

강민허를 너무 막 굴린다.

강민허는 개인 리그를 마친 지 채 3주가 지나지도 않았다. 심지어 그 3주를 전부 다 온전히 휴식을 하는 데 사용한 것도 아니었다. 광고뿐만 아니라 TV 프로그램 출연까지. 어찌 보면 개인 리그에 참가하는 일정보다 더 바쁜 스케줄을 소화한 것일지도 몰랐다.

이런 상황에서 강민허를 또다시 프로 리그에 올려 보낸다? 감독 입장에선 걱정스러울 수밖에 없었다.

좋은 선수를 너무 막 굴리다간, 분명 컨디션 난조에 부딪치게 될 것이다. 활약을 해줘야 할 중요한 순간에 에이스 역할을 제대로 해주지 못하면 곤란하다.

컨디션 관리. 이런 측면에서 보자면, 허태균 감독은 강민허를 엔트리에서 제외하는 게 좋았다.

하지만 본인의 의지가 너무 강력했기에 일단은 프로 리그 엔트리에 올려 보내겠다는 말을 예전에 하긴 했지만…….

'그때 내가 너무 쉽게 오냐오냐 해준 건가.'

냉정하게 생각해 보니 그때 그런 말을 하는 게 아니었음을 깨달을 수 있었다.

하나 이미 저지른 일이다. 이제 와서 다시 말을 번복할 수는 없었다.

"좋다. 바로 엔트리에 이름 올려주마."

"감사합니다, 감독님."

"대신, 조건이 있다."

"조건이요?"

강민허는 허태균 감독이 조건이라는 것을 내걸어올 줄은 예상을 못 했다. 강민허라면 그냥 프리 패스를 시켜줄 거라고 생각했었다. 하나 그게 아니었다.

"일단 지금 당장의 경기에는 보내줄 거지만, 컨디션 난조 낌새가 조금이라도 보일 경우에는 엔트리에서 제외하겠다. 그러니까 컨디션 관리 잘해둬. 너무 무리하지 말고."

"간단한 거였네요. 알겠습니다."

어려운 과제면 어쩌나 싶었던 강민허. 그러나 그가 예상했던 것과 다르게 허태균이 내건 조건은 그렇게까지 어려운 게 아니었다.

컨디션 관리는 프로게이머 선수에게는 기본 중에서도 기본이었다. 강민허는 이곳 ESA 멤버들 사이에서 누구보다도 철저하게 자기 관리를 하기로 잘 알려진 선수였다. 헬스장에 등록해서 일주일에 4번 이상 꾸준히 나가는 사람은 오로지 강민허뿐이었다. 그 정도로 성실했다.

허태균 감독도 강민허의 이런 성실함을 잘 안다. 그리고 철저한 자기 관리 능력도 잘 안다. 그러나 인간은 불완전한 생명체다. 제아무리 강민허가 완벽한 모습을 보였다 하더라도 인간인 이상 분명 실수하게 마련이다.

가장 좋은 예시로 도백필을 들 수 있었다.

신들린 플레이. 완벽한 플레이. 정석이라 불릴 만한 교과서 같은 플레이를 선보였던 도백필이 로인 이스 온라인에 입문한 지 1년도 채 안 된 강민허에게 패배했다는 게 말이나 되겠나.

결국 인간이라는 타이틀을 달고 있는 이상, 분명 허점은 존재할 것이다.

그 허점을 어떻게 커버할 수 있는지. 이 싸움이다.

*　　　*　　　*

강민허의 프로 리그 참가가 결정됨에 따라 ESA는 엔트리를 재정비해야 했다.

허태균 감독은 선수들을 불러 모았다.

"곧 있을 프로 리그 경기 엔트리를 재조정한다. 팀전은 기존에 해오던 멤버 셋으로 고정. 첫 번째 세트는 성지용 대신에 강민허를 투입한다. 지용아. 알겠지?"

"예, 감독님."

성지용 선수는 허태균 감독이 자신을 엔트리에서 제외시키고 강민허를 투입할 거라는 사실을 내심 알고 있었다.

그리고 마음 편히 결과를 받아들였다.

사실 성지용은 첫 번째 세트를 전담으로 해온 프로 리그 전문 선수였다. 그러나 그 부담감이 너무 큰 나머지 새로운 프로 리그의 시작과 동시에 좋지 못한 성적을 계속해서 보여줬다. 쉬어야 할 타이밍이 온 것이다.

강민허가 첫 번째 선수로 활약하는 동안, 성지용은 재충전을 위한 시간을 가지기로 했다.

성지용은 강민허에게 다가갔다.

"나 대신 잘해줘야 한다."

"저만 믿으세요, 선배님."

언제나 그렇듯 강민허는 자신감이 넘쳤다.

프로 리그에서 압도적인 1위를 달리고 있는 팀이 있었다.

바로 도백필이 소속되어 있는 이레이저 나인. 도백필이 팀 내에서도 독보적인 존재였음은 부정할 수 없는 사실이다. 그러나 이레이저 나인에는 도백필 말고 다른 우수한 선수들이 많이 존재한다.

선수 라인업이 두터운 팀으로도 유명한 이레이저 나인은 도백필이 개인 리그로 인해 잠시 프로 리그 엔트리에서 빠져 있었음에도 불구하고 1위라는 성적을 계속해서 유지했다.

반면, ESA는 준플레이오프 진출도 간당간당했다.

준플레이오프를 시작으로 플레이오프, 그리고 결승전 진출까지. 이 단계를 노리기 위해서라도 한 경기, 한 경기마다 매사 최선을 다해야 한다.

승리를 하기 위해서는 강민허라는 카드를 꺼내 들 필요가 있었다.

결국 엔트리에 강민허를 등록시킨 허태균 감독.

다음 주, 후다스 JK와의 대전에서 올려 보낼 선수들을 최종적으로 확정짓게 되었다.

1세트(개인전) — 강민허

2세트(팀전) — 성진성, 한보석, 하인영

3세트(개인전) — 최승헌

이것이 허태균 감독이 짠 최종 엔트리였다.

"민허야. 첫 번째 타자인 만큼 네 역할이 정말 중요하다."

허태균 감독은 강민허에게 1세트에 나서는 선수의 중요성을 계속 강조하고 또 강조했다.

강민허도 그걸 잘 안다. 그렇기에 개인 리그 못지않은 의욕을 드러냈다.

성진성과 한보석은 프로 리그가 시작한 이후 처음부터 기용한 선수들이 아니었다. 2부 리그에서 괜찮은 화합을 보여줬던 성진성과 한보석은 ESA의 엔트리를 더욱 다양하게 만드는 데 한몫을 했다. 그러나 성진성이 개인 리그 본선에 진출하게 됨으로 인해 성진성, 한보석 콤비의 프로 리그 기용은 성진성의 4강 진출 실패 이후에 기용할 수 있게 되었다.

두 사람과 함께 합을 맞추게 된 프로게이머는 하인영으로, ESA에서 몇 없는 여성 프로게이머였다.

세 사람은 의외로 괜찮은 팀플레이를 선보였다. 덕분에 ESA의 팀전 경기 승률이 50퍼센트 이상을 넘기 시작했다.

하지만 개인전이 부진한 탓에 승수를 쌓기가 힘들었다. 팀전에서 아무리 잘해줘 봤자 개인전에서 패배를 연달아 해버리게 되면 아무런 소용이 없게 되어버린다.

개인전은 3세트 중 자그마치 2세트나 된다. 개인전이 팀전에 비해서 차지하는 비중이 훨씬 높다. 참가하는 선수의 숫자는 팀전이 더 많지만, 개인전의 비중이 더 높기에 그쪽으로 신경을 더 써야 한다.

강민허가 합류함으로 인해 개인전 라인업은 더욱 두터워졌다.

우선은 후다스 JK전에서 승리를 거둬야 한다.

그것이 ESA의 1차 목표다.

*　　　*　　　*

경기가 시작되기 전에 팀들은 미리 상대 팀에서 어떤 선수들이 나올지 공개된 엔트리를 서로 교부한다.

강민허의 1세트 상대는 후다스 JK의 김명진 선수였다.

개인 리그에서의 성적은 좋지 않지만, 김명진은 프로 리그의 왕자라 불릴 만큼 프로 리그에서 뛰어난 성적을 보여주는 선수이기도 했다.

개인 리그에 도백필이 있다면, 프로 리그에는 김명진이 있다.

프로 리그 첫 출전부터 김명진과 맞붙게 된 강민허. 코치진들로부터 김명진에 관한 자료를 건네받은 강민허는 한동안 김명진이라는 프로게이머의 스타일에 대해 연구했다.

모니터링을 마친 뒤.

강민허는 후다스 JK전에 출전하는 프로게이머 선수들, 그리고 코치진들과 함께 회의 시간을 가지게 되었다.

최승헌과 팀전에서 나서는 프로게이머 세 명은 이렇게 답했다.

반반이라고.

승리를 장담하긴 어렵다. 하지만 승기가 보이지 않는 것 또한 아니다.

그만큼 후다스 JK 팀이 어려운 상대임을 뜻했다.

남은 건 강민허, 한 명뿐이었다.

허태균 감독이 강민허에게 물었다.

"네가 가장 어려운 선수를 맡게 됐는데. 어떨 거 같아?"

강민허는 딱 잘라 말했다.

"전 이길 수 있습니다."

"상대가 그 악명 높은 프로 리그의 왕자인데도?"

"그러면 이번 기회에 프로 리그의 왕자를 꺾고 제가 프로 리그의 왕으로 거듭나면 되겠네요."

"하하! 그거 좋네!"

허태균 감독은 강민허의 이런 패기가 굉장히 마음에 들었다.

하기야. 상대가 도백필이었을 때에도 강민허는 주눅 들거나 하지 않았다. 오히려 그의 투기를 최대한 끌어 올렸다.

상대가 아무리 김명진이라 하더라도 강민허는 약한 모습을 보이지 않을 것이다. 예상은 했지만, 직접 이렇게 눈으로 보니 와닿는 게 달랐다.

강민허는 김명진의 이름이 적힌 종이를 가리켰다.

"제가 확실하게 1승 챙겨 드리겠습니다. 그러니까 팀전이 되었든, 주장 형의 경기가 되었든간에 어느 한 세트만 따내주세요."

네 선수는 고개를 끄덕였다.

강민허라면 왠지 정말로 김명진을 상대로 이길 수 있을 것 같다는 생각이 들기 시작했다.

*　　　*　　　*

후다스 JK 숙소.

김명진은 자신이 맡게 된 상대가 강민허라는 사실을 이제 막 통보받게 되었다.

후다스 JK를 책임지는 감독은 엔트리를 보면서 놀라움을 삼켰다.

"굉장하군. 개인 리그에서 우승한 지 얼마나 됐다고 벌써 강민허를 프로 리그에 투입하는 거지? 허태균 감독도 꽤 무리해서 엔트리를 짠 거 같은데. 하기사. 승리가 절실한 상황인데, 선수를 아낀다느니 뭐니 할 여유가 없겠지."

"글쎄요."

김명진은 생각이 달랐다.

“제가 보기에는 허태균 감독님이 강민허 선수를 엔트리에 억지로 포함시킨 게 아닌 것처럼 보이는데요.”

“응? 그게 무슨 소리냐?”

“강민허 선수가 스스로 프로 리그에 나가고 싶어 했을 가능성이 더 크다는 뜻이에요.”

“강민허 선수가? 제대로 쉬지도 않고 바로 프로 리그에 나가겠다고?”

“도백필 선수도 나오잖아요?”

“그거야 뭐…….”

그렇게 따지니 할 말이 없었다.

도백필도 강민허와 마찬가지로 비슷한 일정을 보냈다. 그럼에도 불구하고 도백필은 후다스 JK와 ESA 팀의 경기가 있을 그 바로 다음 날, 출전이 예정되어 있었다.

강민허와 마찬가지로 도백필도 선발을 맡게 되었다.

감독은 고개를 가로저었다.

“내가 프로 게임단 감독을 맡으면서 도백필 선수 같은 괴물은 두 번 다시 만나지 못하리라고 생각했었는데. 그 이상 가는 괴물을 만나게 될 줄은 몰랐어.”

솔직히 후다스 JK 감독 입장에선 불안감을 지울 수가 없었다.

도백필을 이긴 그 대단한 강민허 선수가 선발로 등장하다니.

그는 내심 ESA전에서 강민허가 안 나올 거라고 기대했었다. 나와주지 않았으면 했다. 하나 그 예상을 너무나도 보기 좋게 깨버렸다.

예상치 못한 엔트리였다.

하지만 김명진은 감독과 다르게 두려워하는 낌새를 전혀 보이지 않았다.

오히려 기쁘다는 감정이 묻어 나올 정도였다.

"잘됐네요."

"잘됐다고?"

"네."

김명진은 한쪽 입꼬리를 말아 올렸다.

"도백필을 꺾은 강민허. 그런 강민허를 제가 꺾는다면… 도백필도 같이 꺾은 것과 다를 바 없지 않겠습니까."

김명진은 프로 리그의 왕자라 불리던 시절에 도백필에게 무참히 패배를 했던 적이 있었다.

프로 리그에서 80퍼센트 이상의 승률을 자랑하던 김명진. 하나 프로 리그에 출전한 도백필과 개인전 3세트, 에이스 결정전에서 맞붙게 되었고, 거기서 김명진은 도백필에게 패배를 맛봤다.

그날 이후, 김명진은 프로 리그의 왕자라는 별칭에 걸맞지 않게 슬럼프에 빠지게 되었다.

그 복수를 하고 싶었다.

물론 진정한 복수의 대상은 도백필이다. 하지만 도백필과 언제 다시 만나게 될지 아무도 모른다. 그러나 당분간 후다스 JK는 이레이저 나인과 맞붙을 일이 없었다. 강민허를 쓰러뜨리려는 건 대리 만족이다. 간접적으로 도백필을 뛰어넘었다는 그 만족감을 느끼기 위해서 김명진은 이를 갈기로 했다.

"감독님."

"어."

"저, 오늘부터 빡세게 연습할 겁니다. 다음 주에 있을 경기, 무조건 이길 테니까 기대하세요."

감독의 입장에서 선수가 이렇게까지 의욕을 활활 불태우는데 기쁘지 않을 리가 있을까.

"그래. 너만 믿으마."

개인 리그와 프로 리그는 다르다.

김명진은 강민허에게 그걸 상기시켜 주기 위해 철저하게 준비를 하기로 마음먹었다.

*　　　*　　　*

후다스 JK와 맞붙는 날이 도래했다.

그동안 강민허는 김명진이 어떤 스타일을 구사하는 프로게이머인지 연구하고 또 연구했다.

그 결과, 어느 정도 파훼법을 찾아내는 데에 성공했다.

대기실에서 이미지 트레이닝을 거듭하고 있을 무렵, 바깥에서 소란스러움이 들려오기 시작했다.

"벌써부터 입장 시작했나 보네요."

강민허의 말에 오진석 코치가 문틈으로 바깥 상황을 살폈다.

복도를 통해 들려오는 관중들의 웅성거리는 소리.

"헐, 대박이네."

오진석 코치는 탄식을 내뱉었다.

"왜요?"

"사람 대박 많다. 프로 리그에 이렇게 많은 사람들이 오는 거, 난생처음 보네."

"그래요?"

"거의 개인 리그 결승급인데?"

원래 로인 이스 온라인 리그는 개인 리그보다 프로 리그에 더 많은 사람들이 몰리곤 한다. 그럴 수밖에 없었다. 프로 리그가 개인 리그에 비해 더 다양한 경기를, 그리고 더 많은 프로게이머들의 경기를 볼 수 있기 때문이었다.

그래도 평소의 프로 리그 관중 수에 비해 훨씬 더 많은 기록을 세웠다.

대부분의 관중들은 강민허를 응원하는 피켓을 들고 있었다.

“너, 완전 대스타 다 됐구나.”

“저요?”

“그래, 너.”

아무래도 개인 리그 우승 경험이 크게 작용한 건 아닐까. 강민허는 그렇게 생각하고 있었다.

실제로 개인 리그 우승 이후, 강민허의 인지도는 한층 더 상승했다. 안 그래도 인기 있었던 강민허. 개인 리그를 통해서 그의 인기는 또다시 상승 곡선을 그리게 되었다.

강민허 덕분에 ESA를 응원하는 팬들의 목소리도 한층 커졌다. 원래 ESA는 비인기 팀이었다. 프로 리그 경기를 가질 때마다 상대 팀보다 응원의 목소리가 더 컸던 적은 지금까지 단 한 차례도 없었다.

오늘이 굉장히 이례적인 날이었다.

오진석은 지금의 현상을 통해서 중요한 사실을 깨달았다.

“역시 스타플레이어가 있고 없고의 차이는 크구나.”

“아직 스타플레이어라 불릴 만한 자격이 있는지 없는지 잘 모르겠어요.”

"별일이네. 항상 자신감 넘치던 녀석이 여기서는 약한 소리를 다 하고."

"약한 소리가 아니라 겸손이라고 표현해 주시죠."

"하여튼 녀석 참."

오진석 코치는 너털웃음을 터뜨렸다.

강민허는 알면 알수록 모르겠다. 이것이 오진석 코치의 솔직한 심정이었다.

강민허가 이미지 트레이닝을 하는 동안, 다른 ESA 선수들은 긴장을 풀기 위해 제각각 노력을 기울였다.

노래를 듣는다든지, 아니면 스트레칭을 한다든지.

프로게이머는 각자의 징크스 같은 것도 가지고 있다. 징크스가 없는 선수도 있지만, 있는 선수도 있다.

주장인 최승헌은 징크스가 있는 쪽이었다.

미리 챙겨 온 탄산음료 캔을 꺼내는 최승헌.

캔을 따자마자 최승헌은 그것을 벌컥벌컥 들이켜기 시작했다.

입에서 캔을 떼면 안 된다. 원샷으로 마셔야 한다. 그래야 경기가 잘 풀린다고 그는 철석같이 믿고 있었다.

겨우겨우 원샷에 성공한 최승헌.

"오늘 경기도 잘 풀리겠어!"

그의 자신감이 상승했다.

ESA VS 후다스 JK의 경기가 시작되기 전에 중계진들이 하나둘씩 무대 위에 마련된 중계석 위로 모습을 드러내기 시작했다.

민영전 캐스터를 비롯해서 하태영, 서이우 해설 위원까지. 개인 리그에서 캐스터와 해설을 도맡아 하는 멤버들이 그대로 프로 리그에서도 활약을 하고 있었다.

로인 이스 온라인의 메인 리그는 거의 이들이 담당하고 있다 해도 과언이 아닐 정도였다. 그만큼 이들의 활약상은 대단했다.

그러나 중계진들이 아무리 노력한다 해도 좋은 경기를 만드는 건 어디까지나 선수들의 몫이다.

오늘 경기에 임하는 선수들은 그야말로 대박이라는 소리가 절로 나올 정도로 굵직한 선수들이 많았다.

특히나 빅 매치라 할 수 있는 경기는 누가 뭐라고 해도 첫 번째 세트.

로얄로더 강민혀 VS 프로 리그의 왕자, 김명진. 이 경기를 보기 위해서 관중들은 평소보다 배 이상의 숫자를 기록했다.

관객석이 꽉 찬 것도 모자라 바깥에까지 대기 줄이 생길 정도였다. 경기장에 들어오지 못한 게임 팬들을 위해서 주최측은 바깥에 대형 모니터를 설치해 이들에게 옥외에서 경기를 관람할 수 있도록 배려를 해줬다.

바깥에서 경기를 시청하게 된 관중들이 안에 있는 관중들보다 더 많았다. 그 정도로 오늘의 경기는 그야말로 게임 팬들의 화두에 오른 상태였다.

마이트를 든 민영전 캐스터가 가볍게 목소리를 냈다.

"아아. 마이크 테스트."

오디오 감독은 오케이 사인을 보냈다. 방송이 시작하기까진 아직 시간이 조금 남은 상황이었다.

민영전 캐스터가 오디오 테스트에 신경을 쓰는 동안, 해설위원들은 본인들이 각자 준비한 자료들을 체크하기 시작했다.

정확한 통계와 분석 자료가 이들에게는 절실하다. 해설 위원이라는 직함은 괜히 달고 있는 게 아니다. 어설픈 해설을 할 바에야 차라리 그 직함을 내려놓는 게 속이 편할지도 모른다.

모든 점검이 다 완료된 후.

드디어 방송이 시작되었다.

막을 여는 역할은 늘 민영전의 것이었다.

민영전이 관중들의 환호를 유도하는 동안, 강민혀는 미리 부스에 들어가 세팅에 임하고 있었다.

평소와 다르게 프로 리그 부스는 한 부스당 총 3개의 컴퓨터가 설치되어 있었다.

그중 가운데에 있는 컴퓨터를 사용하게 된 강민혀.

개인 리그에서는 1인 전용 부스였지만, 프로 리그에서는 최대 3명까지 수용이 가능한 부스를 사용하게 된다. 팀전이 중간에 포함되어 있기 때문이다.

그렇다 보니 부스가 낯설게 느껴졌다.

오진석 코치가 강민혀와 함께 최종적으로 세팅을 마무리 짓는 작업에 임했다.

"어떠냐. 괜찮아?"

"네, 이 정도면 나쁘지 않네요. 마우스 감도가 살짝 떨어지는 것 말고는 괜찮을 거 같습니다."

"그거, 엄청 중요한 거잖아. 마우스 새 것으로 가져올까?"

"여분의 마우스가 있나요?"

"혹시 몰라서 가지고 다니는 예비 마우스가 있어. 우리 숙소에서 사용하는 모델이랑 같은 거다. 그러니까 웬만하면 네 손에도 맞을 거다."

"그럼 부탁드릴게요."

"오케이. 잠시만 기다려 봐."

오진석 코치의 움직임이 빨라졌다.

그가 강민혀를 적극적으로 서포트하는 동안, 허태균 감독과 나선형 코치는 무대 밑에 따로 설치되어 있는 팀 벤치에 앉아 경기장이 어떻게 돌아가는지 전반적인 상황을 지켜보고 있었다.

그러면서 동시에 오늘 경기를 치를 선수들을 케어해 주기 시작했다.

강민허가 1승을 따오면 후발 주자들이 훨씬 편한 마음으로 경기에 임할 수 있게 된다.

이미 허태균 감독의 머릿속에는 강민허의 1승을 확정 지은 다음에 이후의 정국을 구상하고 있는 중이었다.

강민허가 1세트를 잡아주지 못하면, 오늘 ESA는 후다스 JK에게 이길 수 없다. 이런 마음가짐으로 나왔다.

아직 1세트가 시작되지 않았음에도 불구하고 성진성의 손에는 땀이 흥건했다.

"내가 경기하는 사람도 아닌데 왜 내가 다 긴장이 되고 그러지."

혼잣말을 내뱉은 성진성. 한보석은 성진성이 이런 말을 하는 심정이 뭔지 익히 공감되었다.

"우리 팀이니까 그렇지."

프로 리그는 개인전이 아니다. 단체전이다. 혼자만 잘해봤자 이길 수 없다. 모두가 다 잘해줘야 한다. 상황이 이렇다 보니 성진성은 강민허의 경기를 마치 자신의 경기처럼 인식하기 시작했다.

손을 푼 강민허.

그러면서 맞은편에 앉은 김명진을 흘깃 바라봤다.

김명진은 한결 여유로운 표정이었다. 상대가 강민허라 하더라도 자신 있다는 그런 표정을 짓고 있었다.

강민허는 입맛을 다셨다.

"자신감 있는 모습 하나는 마음에 드네."

프로 리그의 왕자가 얼마만큼의 실력을 보여줄 수 있을지. 강민허는 벌써부터 기대되기 시작했다.

*　　　*　　　*

모든 세팅을 마친 김명진은 어이가 없었다.

강민허 때문이었다.

김명진도 강민허의 부스 상황을 슬쩍 염탐했었다. 강민허는 긴장하는 모습을 전혀 보이지 않았다. 오히려 여유롭다는 듯한 태도를 보였다.

도백필과 경기를 할 때에도 강민허는 지금과 마찬가지인 태도를 보인 바 있었다. 그러나 그때는 강민허가 개인 리그에 이미 적응할 만큼 적응을 다 해서 나오는 여유로움인 줄 알았다. 그것이 김명진의 생각이었다. 아니, 착각이었다.

강민허는 2부 리그를 제외하고 프로 리그에 처음 무대를 올라왔음에도 불구하고 주눅이 들거나 하지 않았다. 강민허는 애초에 담력 자체가 좋은 선수였다.

후다스 JK의 감독은 김명진에게 다가가 이렇게 말했다.

"상대가 강민허라고 너무 긴장하지 말고. 평소에 보여주던 네 실력을 그대로 발휘하면 무난하게 이길 거다. 알았지?"

"네, 감독님."

감독의 말이 맞다.

김명진은 프로 리그에서 무적의 포스를 자아내는 프로 리그의 왕자다. 왕자가 이제 처음 프로 리그에 출전한 양민에게 질 수는 없는 노릇 아니겠나.

그렇게 1세트에 임하는 선수들이 각자만의 마인드 컨트롤을 하면서 경기 준비에 임했다.

이후에 민영전 캐스터의 경기 시작 선언과 함께 곧장 첫 번째 경기의 막이 올랐다.

바로 시작된 1세트.

강민허는 게임이 시작되자마자 라울 캐릭터를 전방으로 전진 배치시켰다.

김명진의 주캐는 궁수다. 원거리에 특화된 물리 공격 캐릭터이기 때문에 거리를 벌린 상태에서 싸움을 이끌어 가면 강민허만 손해를 보는 꼴이 될 것이다. 그래서 강민허는 일단 거리를 좁힌다는 전략을 사용하기로 했다.

그러나 김명진은 강민허에게 접근을 허용하지 않았다.

회피 사격이라는 스킬을 적극적으로 활용했다. 회피 사격은 캐릭터가 이동을 하면서 동시에 기본 공격을 할 수 있게끔 만들어주는 궁수의 기본 스킬 중 하나였다.

회피와 동시에 공격. 그야말로 궁수의 밥줄 스킬이라 불릴 만했다.

게다가 쿨타임도 짧다. 거의 연속으로 사용할 만큼 짧은 쿨타임을 자랑하기에 회피 사격만 연타해서 누르기만 해도 근접 캐릭터들은 속절없이 당하기만 해야 했다.

그나마 회피 사격의 단점을 꼽자면, 공격이 기본 공격 판정으로 들어오기 때문에 큰 대미지를 입히진 못한다.

하지만 강민허는 5레벨에 불과한 격투가 클래스 캐릭터를 다루고 있다. 궁수의 기본 공격이라 하더라도 계속해서 당하는 걸 허용할 수는 없었다.

강민허는 최대한 컨트롤로 궁수의 회피 사격 공격을 흘리기로 했다.

이리 움직이고 저리 움직이고. 평소보다 배 이상으로 손놀림이 빨라졌다.

하태영 해설 위원의 입에서 감탄이 흘러나왔다.

"기가 막히는군요. 회피 사격은 피하기 어려운 공격이기도 한데. 강민허 선수는 저걸 아주 쉽게 피하네요."

지그재그 형태로 움직이면서 김명진의 공격을 전부 흘려 버렸다.

하지만 계속 이런 식의 패턴이 반복되는 건 무의미하다. 승리를 쟁취하려면, 상대를 쓰러뜨려야 한다.

상대를 쓰러뜨리려면 공격을 해야 한다. 공격을 적중시키지 못하는 이상, 강민허에게 승산은 없다.

"귀찮게 하네."

혀를 찬 강민허는 태세를 전환했다.

격투가 클래스가 가지고 있는 몇 없는 원거리 공격.

기공탄을 쏘아 보냈다. 기공탄이 공격력이 약한 마법 공격 스킬이지만, 그래도 회피 사격의 대미지보다는 나았다.

기공탄이 날아오자 김명진은 회피 사격을 멈추고 캐릭터를 이동시키는 데에 집중했다.

회피 사격이 멈췄을 때를 노려 강민허는 이동속도 버프를 잔뜩 두른 라울을 다시 한번 앞으로 쇄도하게 만들었다.

빠르게 거리를 좁혀 들어가는 라울. 강민허는 김명진이 다시 한번 회피 사격을 펼칠 거라고 예상했었다.

그러나 김명진은 강민허의 예상을 뛰어넘었다.

그는 회피 사격 대신 다른 스킬을 시전했다.

멀티샷. 다수의 화살을 부채꼴 형태로 날리는 강력한 범위형 물리 공격 스킬이다.

멀티샷 사정 범위에 들어오게 된 강민허는 탄식을 내뱉었다.

"실수했어."

강민허의 후회 섞인 탄식이 끝남과 동시에 멀티샷이 발동되었다.

피유웅!

활을 떠난 수많은 화살들이 라울을 덮쳤다. HP가 빠르게 하락했다.

민영전 캐스터가 놀라 외쳤다.

"김명진 선수!! 함정을 팠습니다!"

"회피하면서 거리를 벌리고, 다시 견제 패턴을 보여줄 거라고 생각했었는데. 김명진 선수가 오히려 역공을 가할 줄은 몰랐군요. 회피보다 상대방의 방심을 노린 공격. 좋은 선택이라고 생각합니다."

하태영 해설 위원은 김명진이 보여준 선택지에 높은 평가를 내렸다.

김명진도 강민허와 마찬가지로 결국 승리를 따내기 위해선 공격을 할 수밖에 없다. 언제까지 회피만 할 수는 없지 않은가. 회피 사격으로 강민허에게 야금야금 대미지를 누적시키려 했지만, 강민허의 컨트롤이 워낙 좋았기에 회피 사격으로 강민허에게 대미지를 누적시킨다는 작전은 무용지물이 되었다.

그렇다면 답은 하나.

"함정을 파는 거지!"

김명진은 입꼬리를 말아 올렸다.

멀티샷은 화살 한 발, 한 발에 대미지 판정이 들어간다. 즉, 많은 화살을 맞을수록 그만큼 대미지를 많이 받는다는 소리였다.

만약 강민허가 조금이라도 더 앞으로 들어와서 그대로 멀티샷의 화살을 전부 다 맞았다면, 아마 HP가 10퍼센트 이하로 떨어졌을지도 모른다.

하지만 뒤늦게나마 김명진이 멀티샷을 쏘려고 한다는 사실을 눈치챈 강민허는 바로 신들린 컨트롤을 선보였다.

대미지를 최소화하기 위해 백스텝으로 캐릭터를 뒤로 이동시켰다.

덕분에 강민허의 HP 손실 결과는 70퍼센트로 내려가는 것으로 마치게 되었다.

그게 좀 아쉬웠다.

하나 득은 많이 챙겼다.

강민허에게 큰 대미지를 누적시키게 되었으니, 그것만으로 충분했다.

시작부터 강민허에게 불리하게 돌아가고 말았다.

그럼에도 강민허는 표정 하나 변하지 않았다. 오히려 위기에 몰릴수록 냉정하게, 그리고 이성적으로 판단을 내려야 한다.

흔들리지 않는 강민허. 카메라의 모습에 담긴 그의 표정에 결의가 느껴졌다.

중계진들은 강민허의 이런 표정에 놀라움을 토로했다.

"대단하군요. 당황할 법도 한데 냉정함을 유지할 수 있다는 게… 마치 10년 경력의 베테랑 프로게이머를 보는 것 같습니다."

"이런 면모가 강민허 선수의 가장 큰 강점이겠지요."

위기를 어떻게 극복해 낼지.

이제부터가 강민허의 진면목이 발휘되는 타이밍이다.

압도적으로 HP 상황이 불리해졌음에도 불구하고 강민허는 끝까지 경기를 포기하지 않으려 했다.

'감독님한테 한 말이 있는데. 여기서 무기력하게 패배하면 안 되겠지.'

강민허는 본인이 내뱉은 발언을 다시 한번 떠올렸다.

반드시 이기고 돌아오겠다고 했다.

선봉전에서 든든하게 1승을 챙겨주겠다고 호언장담을 했는데, 1승은커녕 1패 기록을 남겨 버리면 무슨 망신이겠나.

다시 자세를 가다듬는 강민허. 무턱대고 들어가면 다시 한번 김명진의 멀티샷에 털릴 가능성이 있다.

접근전이 강민허의 장점이라고 생각했지만, 막상 이렇게 보니 그것도 아니게 되어버렸다.

강민허가 조금이라도 자신에게 접근을 해온다 싶으면 김명진은 바로 멀티샷을 날릴 것이다.

접근전이 무의미해지는 순간이었다.

그럼에도 강민허는 해결책을 찾아냈다.

'어디 이번에도 멀티샷을 날리나 한번 해볼까?'

강민허의 입꼬리가 위로 상승했다.

*　　　*　　　*

김명진은 승리를 확신했다.

"접근전을 위주로 하는 클래스는 어차피 내 궁수의 밥이야!"

김명진의 말마따나 그는 다른 클래스를 상대하는 것보다도 전사, 격투가 등 근접전을 위주로 전투를 펼치는 클래스들에게 특히나 강한 면모를 보였다.

회피 사격으로 거리 조절을 하다가 상대방이 접근한다 싶으면 멀티샷을 날린다. 각이 좁아진 상태이기에 상대는 멀티샷으로 쏘아지는 화살을 온전히 다 맞을 수밖에 없다. 그렇게 되면 대미지가 뻥튀기가 되어 들어간다.

강민허라서 그나마 컨트롤로 회피, 회피, 회피 동작을 펼쳐서 멀티샷의 대미지를 반감시킨 것이지, 다른 플레이어였다면 이미 아웃이다.

한 방에 강민허를 아웃시키지 못한 건 아쉬운 일이지만, 상황이 김명진에게 유리하게 돌아가고 있다는 건 변함이 없었다.

김명진은 미소를 지었다.

"내가 이긴다! 그 도백필을 꺾은 강민허를 내가 꺾는다고!"

도백필에게 많은 원한을 가지고 있던 김명진은 기쁨을 주체하기 힘들었다.

도백필에게 간접적으로 승리를 거두는 셈이 되는 거 아니겠나.

자신도 모르게 히죽이기 시작했다.

그때, 강민허가 다시 김명진에게 접근을 해왔다.

"학습 능력이 없는 녀석이네."

인간의 욕심은 끝이 없고, 같은 실수를 반복한다. 김명진의 머릿속에 이와 같은 문구가 딱 떠올랐다.

회피 사격으로 다시 거리 조절에 임했다.

회피 이후 평타 공격을 반복, 또 반복했다.

적당한 거리가 되었다 싶을 때 강민허는 돌진 스킬을 사용해서 순식간에 김명진과의 거리를 좁혀 들어올 것이다.

그때가 절호의 찬스다.

강민허에게 찬스가 아니라 김명진에게 주어지는 찬스다.

아슬아슬한 거리가 되었다 싶을 때. 강민허는 돌진을 해왔다.

김명진이 예상한 그대로였다.

너무 시나리오가 잘 맞아떨어졌다. 하지만 강민허는 경기에서 승리를 가져오기 위해선 접근전을 해올 수밖에 없을 것이다.

이때를 노렸다!

"끝이다, 강민허!"

멀티샷을 발동했다.

아웃시키기 아주 좋은 각이다. 이 거리, 이 각도면 멀티샷에서 발사되는 다수의 화살을 온전히 다 맞을 것이다.

그러나 김명진이 간과한 게 있었다.

라울이 도중에 자세를 바꿨다.

기술 하나를 시전했다. 김명진은 라울이 시전하는 기술의 이름을 너무나도 잘 안다.

"카운터 어택이라고?!"

숱한 위기의 순간에서 강민허를 구원해 준 바로 그 스킬.

카운터 어택.

반격기 판정을 가진 카운터 어택은 근접 공격뿐만 아니라 원거리 공격조차도 튕겨 버리는 무적의 스킬이다.

단, 사용하는 타이밍이 굉장히 어렵고 까다롭기 때문에 선수들은 카운터 어택을 잘 활용하지 못했다.

유일하게 강민허만이 카운터 어택 성공률 100퍼센트를 보유하고 있었다.

투웅!

라울이 오른손을 크게 휘둘렀다. 그의 손동작에 따라 멀티샷 화살들이 궤도를 틀었다. 목표는 김명진이었다.

"망할!!!"

강민허의 가장 강력하고 기본적인 스킬을 간과하다니. 도백필과 같은 실수를 해버린 것이다.

하나 이건 온전히 김명진의 실수만이 아니었다. 강민허가 위기의 상황에서 카운터 어택을 꺼내 든다는 건 여러 경기에서 숱하게 증명되었다. 그래서 강민허는 상대 선수에게 자신이 카운터 어택을 시전할 거라는 경계심을 지우기 위해 어느 한 장치를 마련해 두기 시작했다.

알면서 일부러 몇 번 유효타를 맞아주는 것이다.

굉장히 위험한 모험수다. 그럼에도 강민허는 승리를 위해서 이 강수를 두기로 했다.

계속 맞다 보면 상대방은 어느 순간 강민허의 강력한 스킬, 카운터 어택이라는 수를 잠깐 망각하게 된다.

강민허의 연기가 김명진에게 통한 셈이었다.

회피 사격, 멀티샷 콤보로 강민허를 끝내 버릴 수 있을 거라는 자만심에 잡아먹혔다. 그 결과, 김명진은 자신의 공격을 역으로 다 맞아버리는 신세가 되었다.

김명진은 강민허처럼 뛰어난 피지컬 능력을 지니고 있지 못했다. 즉, 근접해서 날아오는 멀티샷을 다 피해낼 능력이 없다는 것을 뜻했다.

파박! 팍! 푸욱!

수십 갈래의 화살들이 김명진의 캐릭터를 꿰뚫었다. 관통에 크리티컬 대미지까지 들어오니, 김명진의 HP는 바닥을 쳤다.

페이스가 말려 버렸다. 한번 말린 페이스는 쉽게 되찾을 수 없다.

그리고 강민허가 그의 페이스를 되찾을 때까지 시간을 줄리 만무했다.

기회를 틈타 강민허는 다시 앞으로 돌진했다. 김명진과의 거리를 좁힌 강민허는 그에게 라이트닝 어퍼라는 강력한 선물을 건넸다.

투웅!

김명진의 궁수 캐릭터가 위로 샘솟았다.

한번 뜨면 사망이다. 왜냐하면 강민허는 공중 콤보 공격을 실패한 적이 단 한 번도 없었으니까.

이번에도 예외는 없었다.

8연타, 9연타, 10연타!

강력한 공격이 연달아 들어왔다.

김명진의 궁수 캐릭터가 마침내 바닥에 녹다운되었다. 그리고 궁수 캐릭터는 다시 일어나지 못했다.

HP는 제로.

아웃이다.

*　　*　　*

"강민허 선수!!! 김명진 선수를 상대로 GG를 받아냅니다!!!"

"놀랍군요! 로인 이스 온라인 최강자로 군림했던 도백필에 이어서 프로 리그의 왕자마저 꺾다니!"

"파란의 연속입니다! 강민허 선수가 다시 한번 기적을 만들었습니다!"

강민허의 경기는 늘 화끈하고 시원하다. 그리고 아슬아슬하다. 덕분에 강민허의 팬들은 매 경기를 지켜볼 때마다 심장이 덜컹 하고 내려앉는 기분을 느꼈다.

이번에도 다를 바 없었다.

혹여나 강민허가 김명진에게 지는 건 아닐까. 멀티샷 첫 타를 허용당했을 때, 그 불안한 느낌이 너무나도 강하게 와닿았다.

하지만 강민허는 결국 역전해 냈다.

평소에 보여줬던 강민허다운 플레이였다.

신들린 그의 플레이 덕분에 1세트에서 깔끔하게 승리를 챙기게 된 강민허. 부스를 나와서 벤치에 앉아 있는 팀원들, 그리고 코치진과 하이파이브를 하는 세리머니를 보여줬다.

반면, 김명진의 얼굴은 잔뜩 굳어져 있었다.

"내가… 졌다고?"

아직 현실을 받아들이지 못했다. 납득이 가지 않았다. 분명 김명진이 경기를 리드하고 있었다. 그런데 어느 순간, 카운터 어택 한 번으로 경기의 흐름이 완전히 역전되고 말았다.

김명진이 스스로 생각해도 어이가 없었다. 최악의 경기 내용이었다.

한동안 자리에서 일어나지 못하는 김명진에게 후다스 JK의 코치가 다가갔다.

"명진아. 고생했다."

"…죄송합니다, 코치님. 제가 확실하게 1승을 챙겨 왔어야 했는데……."

"괜찮아. 프로게이머라는 게 이길 때도 있고 질 때도 있고 그러는 거지. 그러니까 너무 상심하지 마라."

코치는 지금 1세트를 져서 걱정인 게 아니었다. 김명진이 또다시 슬럼프에 빠지는 것. 이것이 더 걱정이었다.

도백필에게 무참히 패배한 이후에 김명진은 크나큰 슬럼프를 겪었다. 김명진은 다 좋은데 멘탈이 약하다. 확실히 이긴다는 자신감을 가지고 임했던 경기에서 오히려 역으로 패배를 겪게 되면, 김명진의 멘탈은 산산조각이 난다. 코치진은 그런 광경을 수도 없이 봐왔다.

지금은 김명진을 다독여 주는 게 최선이었다.

한편. 장비를 챙기고 벤치로 돌아온 강민허는 오늘 경기에 나서는 팀원들에게 엄지를 추켜올려 줬다.

"거봐요. 제가 뭐라고 했습니까. 1승 확실하게 따내고 돌아온다고 했죠?"

"하여튼 너란 녀석은 진짜."

최승헌은 어이가 없었다.

프로 리그의 왕자라 불리는 김명진을 꺾을 줄이야. 프로 리그에서만큼은 김명진은 거의 도백필급이라 불릴 정도로 강한 상대였다. 그런데 강민허는 프로 리그에 합류하자마자 김명진을 꺾는 쾌거를 보여줬다.

개인 리그 우승 이후부터 지금까지.

강민허의 전성기는 나날이 갱신되어 가고 있었다.

*　　*　　*

두 번째 경기가 시작되었다.

2세트는 3 대 3 팀전이다. ESA측에선 성진성, 한보석, 그리고 여성 프로게이머인 하인영. 이렇게 세 명을 투입했다.

허태균 감독은 이들에게 기합을 넣어줬다.

"가서 잘하고 와라! 반드시 이겨야 한다는 것보다 매 경기 최선을 다한다는 생각을 가지고 임해. 알겠지?"

"예!"

"ESA 파이팅!"

"파이팅!!!"

강민허가 1세트를 손쉽게 가져와 준 덕분에 팀원들의 사기는 충만해졌다. 선봉의 중요성이 여기서 드러났다.

가서 1승을 따 오느냐, 못 따 오느냐. 후발 주자들이 느끼는 부담감은 확 달라진다.

반면, 후다스 JK의 사기는 크게 꺾였다.

여태껏 김명진이 선봉으로 나서서 넉넉하게 1승을 챙겨줬었다. 이 1승을 바탕으로 후다스 JK는 프로 리그에서 좋은 성적을 거둘 수 있었다.

하나 오늘은 달랐다.

김명진은 패배했다. 이제 남은 두 경기를 연달아 이겨야 오늘 후다스 JK는 승수를 챙길 수 있게 되었다.

한 번의 패배도 용납되지 못한다! 이것이 선수들에게 엄청난 압박감이 되어 돌아왔다. 반면, ESA 선수들의 표정은 한결 편했다.

이들이 설령 패배한다 하더라도 대장전에 최승헌이 기다리고 있다. 적어도 ESA는 한 번의 기회가 남아 있다.

완전히 다른 입장이 되어버린 두 팀.

이 상태에서 2세트 팀전이 시작되었다.

팀전의 리더는 성진성이다. 그가 탱커 역할을 맡고, 뒤에서 한보석과 하인영이 딜을 넣는다.

변수를 두지 않는 정석 플레이를 이어갔다. 앞에서 성진성이 든든하게 버텨주니, 한보석과 하인영은 한결 편했다.

마우스를 움켜쥔 성진성은 이를 악 물었다.

'민혀 녀석만 활약하게 놔둘 순 없지! ESA는 강민허만 있는 게 아니라고! 나, 성진성도 있다!'

비록 개인 리그 우승은 못했지만, 그래도 성진성은 첫 본선 진출 이후에 높은 성적을 기록한 바 있었다.

성진성도 확실히 게임에 대한 재능과 감각이 어느 정도 있다. 다만, 강민허가 너무 압도적이어서 빛을 못 볼 뿐.

성진성의 리드로 ESA는 점점 상황을 유리하게 만들어갔다.

틈을 노려 성진성은 탱커에서 공격수로 포지션을 변경했다.

상대 진영으로 들어가 검을 휘둘렀다. 안에서 난동을 부리는 동안, 한보석과 하인영은 딜러부터 착실히 아웃을 시켜 나갔다.

머지않아 상대 측으로부터 GG 선언이 나왔다.

“이겼다!!!”

성진성은 두 주먹을 불끈 쥐었다.

짜릿한 2승!

ESA는 2 대 0으로 승리 포인트를 쌓았다.

『재능 넘치는 게이머』 6권에 계속…